BBULMEDIA

BBULMEDIA

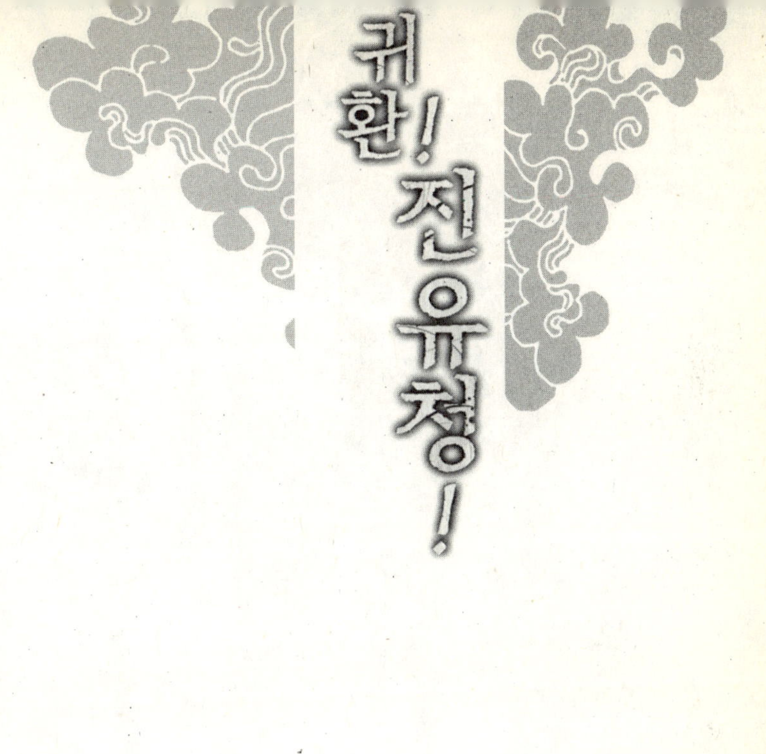귀환! 진유청!

귀환! 진유청!

4

무림맹 총회!

로토 신무협 장편 소설

뿔미디어

목차

第一章

애늙은이들

진유청은 연무장 가장자리에 길게 누워 아이들이 제각각 자유 수련하는 모습을 바라봤다.

자신을 어떻게든 사도진, 소기와 엮어 보려 했던 정한수도 제 사부를 쫓아 화산파로 돌아간 지금, 진유청은 드디어 한가로이 쉴 수 있게 됐다.

"아함……!"

늘어지게 하품을 하며 흙바닥에 귀를 댄다.

쿵, 쿵!

아이들이 뛰노는 소리가 지면의 울림을 통해 전해져 마치 땅이 숨 쉬고 있는 것처럼 느껴졌다.

"아, 좋다."

진유청이 누운 자세 그대로 대굴거리며 양팔을 쭉 뻗어 기지개를 편다.

"하늘은 맑고, 흙냄새는 풋풋하구나."

혼잣말을 중얼거리며 진유청이 지그시 눈을 감으려는데, 그의 얼굴 위로 그늘이 드리운다.

"뭐하는 거지?"

진유청이 실눈을 뜨고 올려다보자 이젠 제법 익숙해진 사도진이 보였다.

"내가 뭐하는 거 같으냐?"

"흙바닥에 누워 자려는 걸로 보인다."

잠시의 시간도 지체하지 않고 사도진에게서 튀어나오는 말로 보건데, 진유청 자신이 땅에 누워 헤엄이라도 치는 것처럼은 보이지 않는 게 확실한 모양.

그런데도 불구하고 제 눈으로 본 걸 확신하지 못하고 상대방의 입으로 확인하려는 걸 보면……

줏대 없는 놈! 집요한 놈!

별것도 아닌 걸로 꼬투리를 잡아 끊임없이 구시렁거리는 걸로 봐선 정한수의 바람과는 달리 진유청이 사도진과 친해질 일은 앞으로도 요원할 듯싶었다.

진유청이 못마땅한 듯 미간을 찡그리며 다시 잠을 청하려는데, 이번엔 어린 여자아이 목소리가 들린다.

"정말 이런 데서 자려고요?"

안 그래도 큰 눈이 더욱 커 보이게 동글동글 굴리는 모습
이 참 인상적이다.

"설희야, 이 오라비 잠 좀 자게 저리 가 있어라."

그래도 최소한 사도진처럼 무시한 건 아닌데도 안설희가
새침하게 고개를 휙 돌렸다.

"오라비는 누가 오라비란 거예요!"

사도진 저놈한테는 잘도 오라버니, 오라버니하며 어미
오리 쫓는 새끼 오리처럼 졸졸 따라다니면서, 쳇.

"싫으면 말고."

진유청이 파리라도 쫓듯 손사래를 치자 안설희가 입술을
삐죽 내민다.

"거지도 아니고, 아무 데서나 자려는 바보가……!"

아무래도 진유청의 행동에 마음이 상한 모양이다.

"설희아. 그게 무슨 밀버릇이냐."

사도진이 점잖은 목소리로 꾸짖자 움찔한 안설희가 고개
를 푹 숙인다.

"에휴."

아무리 훗날 청순한 외모에 다정한 성품으로 많은 청년
들의 사랑을 한 몸에 받던 그녀라 해도 지금은 코 찔찔이
여덟 살.

시끄럽게 울음이라도 터트리려는 건 아니겠지?

일전의 만남 이후 정한수로 인해 몇 번 더 마주하게 되어

편히 말을 나눌 만큼 안면을 익혔는데, 이 정도 농담도 못
받아 주나.

진유청 스스로도 놀랄 만큼 안설희에게 이전과 같은 감
정은 남아 있지 않았지만, 그것과는 별도로 여덟 살 안설희
는 귀여웠다.

사도진의 등에 찰싹 달라붙어 다른 이들에겐 말도 잘 못
붙일 만큼 낯을 가리면서도, 첫 만남이 인상적이었는지 진
유청에겐 스스럼없이 다가서는 안설희를 일부러 멀리할 필
요는 없지 않나.

진유청의 눈이 안설희를 향하자 그녀의 검고 커다란 눈
이 쌜쭉하니 그를 노려보고 있다.

저 녀석, 저 눈 좀 보게나. 여우 꼬랑지인 혜아만큼은 아
니어도, 분명 앙큼한 새끼 고양이 정도는 된다니까?

진유청이 속으로 혀를 찼다.

과거엔 그저 순수하고 연약해 보였던 안설희의 다른 모
습이 이젠 보인다.

그게 딱히 싫은 건 아니지만, 그게 바로 과거의 안설희와
현재의 그녀 사이에 좁히지 못할 틈을 만들어 진유청이 마
음 정리하는 게 더욱 빨랐던 걸지도 모른다.

"제가 말을 너무 함부로 했어요."

결국 안설희는 사도진에게 미움받고 싶지 않은 건지 진
유청에게 내키지 않는 사과를 했다.

"어린 소녀가 부끄러움을 무릅쓰고 사과를 했다면 응당 받아 주는 게 사내의 도리 아니겠나."

사도진이 제 딴엔 안설희를 돕는다고 나서지만 진유청은 낯이 간지러워 죽을 거 같았다.

사도진이 원래 점잖고 침착한 녀석이라곤 생각했지만, 그래 봤자 이제 갓 열 살이 넘은 어린아이가 하는 말치고 는…….

차라리 도양기의 질퍽거리는 기름기가 낫지, 사도진의 어른스러운 척은 소름이 오슬오슬 돋는다.

게다가 더 열 받는 건, 저런 모습이 먹힌다는 거?

"진 오라버니……."

사도진의 옷자락을 잡으며 볼을 붉히는 안설희의 눈동자에 선망의 빛이 가득하다.

"잘들 논나."

진유청의 목소리가 퉁명스럽다. 뭔가 마음에 들지 않는 게 확실했다.

"그게 무슨 말이지?"

사도진이 진유청의 혼잣말을 들었는지 미간을 찌푸리며 되묻는다.

"잘들 논다고. 그럼 너네가 잘 안 놀고 싸우고 있냐?"

누가 봐도 인형 같은 한 쌍이라 말할 사도진과 안설희가 서로를 돌아본다.

분명 사이좋게 잘 놀고 있는 게 맞긴 한데, 왠지 기분은 나쁘다는 거.

진유청이 말꼬투리를 잡아 빙빙 돌려 가며 기분을 상하게 하는데, 딱히 반박할 말이 떠오르지 않아 일단 참는 사도진과 달리 안설희는 그나마 솔직했다.

"진유청 공자님은 심술 맞아요. 진 오라버니처럼 점잖으시면 얼마나 좋을까."

그래서 여덟 살짜리 어린 여자애한테 인기도 얻고?

아서라. 안 그래도 난 나이 먹을 만큼 먹었거든? 일부러 어른스러운 척 굴지 않아도 될 만큼은.

비록 타고난 찌질함이 천성인 데다, 바라는 것이 있어 어린애 노릇을 하다 이렇게 진짜 어린애가 돼 버렸지만, 그래도 보이는 게 다가 아니듯 진유청의 가슴속 밑바닥엔 깊이를 알 수 없는 강이 흐르고 있……을 거라고. 아마 그렇지 않을까?

그러니 그 눈들 좀 치워 줄래?

진유청이 입맛을 다신다.

자신이 과거에 일찍 혼인을 하고 자리를 잡았으면, 저 녀석들만 한 손자, 손녀가 있을 수도 있을 텐데……. 왜 철 좀 들어라 하는 얼굴로 자신을 바라보는 걸까?

하남성 자신의 친구들을 봐도 그렇듯 고위직 관리의 자식들이나 무림 거대 문파 소속 제자들은 그 나이 또래보다 훨씬 빨리 세상에 대해 알고 익숙해진다.

예전에 진가장에서 경찬이가 제 아버지 지위로 마진호를 깔아뭉갰을 때, 진유청은 '우리 지금은 그러지 말자' 라고 했었다. 어차피 나중엔 하기 싫어도 해야 하고, 알기 싫어도 알게 되니까.

그리고 그 후 진유청과 친구들은 순수한 마음으로 서로 손을 맞잡고 마음을 나눴다.

그때 가슴 깊숙이 묻어 놓은 씨앗은 뿌리가 되어 자리를 잡았고, 그로 인해 진유청의 친구들은 곧고 바르게 잘 자라고 있다.

한데 학관에 와서 본 녀석들은 어딘가 엇나간 녀석들이 대부분이다.

사람 죽이는 게 개미 밟는 것마냥 아무렇지 않은 남궁혁이나 개방의 소기는 물론, 진유청 자신과 친한 광견이나 소견을 떠올려도 모두 한 군데씩은 문제가 있다.

바로 눈앞에 당장 어디 내놔도 손색이 없을 어른스러운 사도진도 포함해서.

지금도 어린 너희에게, 이보다 더 작고 어릴 때 누가 어떤 씨앗을 가슴에 심었기에, 연둣빛 잎사귀 한 장 제대로 틔우지 못한 싹이 바로 나무가 되어 엉성히 가지를 뻗었을까.

하긴 꼭 누가 심어야만 그런 건 아니다.

진유청 자신도 제 손으로 스스로의 가슴에 독을 집어넣었었으니.

물끄러미 사도진과 안설희를 바라보던 진유청이 상체를 일으키더니 손바닥으로 탁탁 땅바닥을 내리친다.

"이리 와서 앉아."

"왜?"

"햇볕 좀 쬐라고. 청량한 바람도 맞고, 깨끗한 물도 좀 마시고. 그러면 이제라도 텅 빈 속이 조금씩 채워지지 않겠냐."

어쩌면 새로 싹을 틔울지도 모르고.

모자란 거 없이 넘치도록 가진 너희가, 정작 가장 공평하며 누구에게나 주어져야 할 것들은 누리지 못했다는 게 우습다면 우습지만, 또한 그것이 진실이기도 하니까.

"흐음."

진유청은 기껏 생각해서 한 말인데 사도진에겐 그렇게 들리지 않는 모양.

나직하게 신음을 흘린 사도진이 정중하게 거절한다.

"갈 데가 있었는데 유청이 네가 보여 잠시 걸음을 멈춘 참이다. 시간이 꽤 지체됐으니 이제 가 봐야겠다. 햇볕을 쬐는 건 아무 때라도 할 수 있으니 다음으로 미루도록 하지."

사도진이 인사를 남긴 뒤 안설희를 바라본다.

“이만 가자꾸나.”

안설희가 잠시 멈칫하더니 이내 고개를 끄덕이며 사도진을 쫓아갔다.

안설희는 사람 놀래키는 걸 좋아하는 진유청이 뭔가 새로운 걸 보여 주려던 건 아닌가 싶어 아쉬움이 남는지 몇 번이나 슬쩍 뒤를 돌아보지만 결국 걸음을 멈추진 않았다.

이렇듯 운명이란 스쳐 지나가는 바람처럼 가볍고, 그 바람의 꼬리를 쥔 자에겐 폭풍처럼 강하게 다가가는 법.

“쯧, 쯧.”

햇볕을 쬐는 건 아무 때나 할 수 있다는 사도진의 말은 틀렸다.

오늘의 해가 내일의 해와 같을 수는 없는 법이지 않은가.

그 해를 바라보는 자신이 어제의 내가 아닌 이상 말이다.

“이건 뭐, 줘도 못 먹는 걸 어떻게 해.”

제 알아서 잘살겠지. 사실 따져 보면 진유청 자신보다 훨씬 잘 먹고 잘살 가능성이 농후한 녀석들이니.

진유청이 도로 땅바닥에 누우려는데, 근처에서 지켜보던 나채환과 권오현이 슬금슬금 다가와 진유청을 사이에 두고 양편에 털썩 주저앉는다.

“니들은 또 뭐야?”

“쉬는 거다.”

역시나 말이 짧은 광견 나채환.

하긴 채환이는 한수가 가고 나자 부쩍 진유청을 싸고돌며 사방을 향해 으르렁거리던 참이니, 하방의 사도진을 보고 경계하는 게 이해가 간다.

아무리 한수가 소개해 주고 간 녀석이라 해도 한수를 제외하곤 하방 녀석들 중 제대로 된 놈은 없다 생각하는 게 눈에 뻔히 보였다.

채환이는 그렇다 쳐도 오현이 이 녀석은 요즘 수련할 땐 집중력이 굉장한데 왜 중간에 끊고 이리 왔지?

진유청이 시선을 권오현에게 돌리자 찔끔한 권오현이 더듬더듬 대답했다.

"나, 나도…… 쉬……래."

그래. 한수가 없으니 채환이 녀석을 말릴 사람도 없고, 니가 고생이 많다.

진유청이 권오현의 어깨를 두드려 줬다.

"이렇게 된 거, 다 같이 따신 볕이나 쬐자."

진유청이 벌렁 드러눕자 나채환은 아무런 토도 달지 않고 즉각 따라 눕는다.

권오현은 연무장에서 이쪽을 이상하게 바라보는 수련생들의 눈치를 잠시 보다 '에라, 모르겠다' 싶었는지 흙바닥에 상체를 눕혔다.

처음엔 창피하게 이게 무슨 짓인가 싶었는데 가만히 누워 하늘을 바라보다 보니 마음이 평안해진다.

"이거 의외로 괜찮은데?"

권오현의 말에 진유청이 피식 웃었다.

"가만히 느껴 봐. 눈에 담기는 하늘의 숨결을, 등으로 전해지는 땅의 박동을. 우리가 숨 쉬는 것처럼 자연이 조화를 이루며 순리에 따라 원을 그린다."

진유청이 나지막하게 읊조리는 말이 나채환과 권오현의 귀에 포근하게 맴돈다.

"오늘 유난히 하늘이 맑은 거 같아."

권오현이 나른하게, 조금은 잠에 취한 듯 중얼거린다.

나채환도 몸에 힘을 빼고 코끝에 걸린 바람에 미소 짓는다.

줘도 받지 못하는 사람이 있는 반면, 주려 한 것도 받으려 한 것도 아닌데 얻게 되는 이도 있다.

"아, 좋다."

세 아이들은 그렇게 한참을 누워 있었다.

뜨겁게 타오르던 태양이 지고 어슴푸레한 달빛이 연무장에 내려앉아 다른 아이들이 하나둘 각자의 처소로 돌아갈 때까지.

사도진은 안설희가 들을 만한 수업 몇 개를 추천해 주고 여자 숙소에 데려다 준 뒤 하방으로 향했다.

"음? 소기 아닌가."

사도진이 하방 숙소 입구에 서 있는 소년을 보고 고개를 갸웃거린다.

"요즘 바쁜가 보군. 오늘 하방의 친목 모임이 있던 날인데."

"아……. 잊고 있었다."

사도진이 그답지 않게 실수를 했다.

"상방의 진유청과 자주 어울리는 거 같던데, 화산파의 정한수가 간 다음엔 사도진 넌가."

딱히 직접적으로 물어보는 어투는 아니다. 하나 얘기의 당사자인 사도진이 바로 앞에 있음에야…….

소기 자신은 한 발 물러난 상태에서 사도진을 찔러보기 위해 던진 말이 아니겠는가.

사도진이 불쾌한 얼굴로 입을 열었다.

"혁이가 왜 너를 꺼려하는지 알겠군."

남궁세가의 삼공자인 남궁혁은 하방에서 소기와 가장 사이가 좋지 않았다.

사도진은 지금까지 그게 급한 성격의 남궁혁과 생각이 깊은 소기가 잘 어우러지지 못해 그런 거라 여겼었는데, 이제 보니 소기의 음험함을 남궁혁이 경계하기 때문인 듯했다.

"하방에서 나를 환대해 주는 이가 있기는 하던가?"

소기가 어깨를 으쓱거린다. 그 정도 말로는 조금도 상처

받지 않는다는 듯.

"……상방의 진유청과는 그저 한수로 인해 안면을 익혀, 오다가다 만나면 걸음을 멈추고 인사나 하는 사이다. 어쨌거나 네가 상관할 바는 아닌 듯하군."

차가운 목소리로 진유청과 자신 사이에 대해 정확히 선을 가른 사도진이 소기에 대한 반감을 드러내며 인사도 남기지 않고 하방 입구로 들어갔다.

"그렇다면 다행이고. 무슨 일이 벌어지건 네가 정한수처럼 끼어들 일은 없을 테니."

소기는 진유청이 싫었다.

하방과 상방의 경계를 무너트리는 건 물론, 학관 내의 분위기를 흐리고 있다 여겼기 때문이다.

다 썩어 버린 무림학관일 망정 이곳이 계속 존재하는 데 이유가 있다면, 상방과 하방으로 나뉜 체계 속에 거대 문파들의 제자들이 중소 문파 제자들 위에 군림하여 그들을 흡수하는 것 또한 지켜져야 할 규칙이다.

적어도 소기는 그렇게 생각했다.

"아, 따가워."

권오현이 울상을 짓는다. 어제 유청이 얘기대로 땅바닥에 드러누워 햇볕을 쬔 것까진 좋았으나, 다른 때보다 유독 강한 햇살에 얼굴이 시커멓게 타 버린 거다.

차라리 수련을 할 땐 좀 낫지, 해를 정면으로 받으며 쿨쿨 잠까지 자 버렸으니…….

"무슨 사내 녀석 피부가 그렇게 약하냐. 감자나 갈아붙여라."

진유청이 핀잔을 주며 하는 말에 권오현이 시무룩해진다.

"내가 엄살이 심했다 쳐도 그렇지. 무슨 먹는 걸 얼굴에 처바르래……."

"햇볕에 얼굴 너무 많이 타서 따갑다며?"

"응."

"그러니까 감자 갈아서 처바르라고. 얼굴 따가운 거 가라앉혀 줄 테니까!"

권오현의 눈이 동그래진다.

"정말 효과가 있어?"

"그럼 없는데 내가 니 얼굴에 아까운 감자를 처바르라고 했겠냐?"

진유청이 인상을 쓰자 권오현이 움찔한다.

하여간 성질하고는.

권오현이 속으로 투덜거리면서도 급식소 아주머니에게 감자 몇 알만 갈아 달라 부탁해야겠다 생각한다.

비록 성질 못됐고 사소한 걸로도 트집을 잡아 사람을 들들 볶아 대는 진유청이지만, 유청이가 말한 대로 안 된 건 하나도 없었다.

크고 작음에 상관없이 어떤 일이라도 유청이는 별거 아니라는 듯 해결책을 딱딱 내놓았고, 그러고 나면 정말 거짓말처럼 쉽게 모든 일이 해결된 것이다.

권오현이 감자가 얼마나 필요할까 고민하고 있을 때, 함께 걸어가던 나채환이 옆구리를 쿡 찌른다.

"헉!"

나채환이야 정한수와 하듯 가볍게 친 거겠지만, 당하는 권오현으로선 옆구리를 두 손으로 부여잡고 데굴데굴 구르고 싶을 만큼 아팠다.

옆구리를 부여잡고 상체를 반쯤 숙인 권오현이 눈을 힐끔 들어 나채환을 바라본다.

또 왜 그러냐? 응?

권오현의 마음이 통했는지 나채환이 무표정한 얼굴로 입을 열었다.

"내 것도."

설마…… 감자 말이야?

권오현이 잔뜩 굳은 얼굴로 상체를 일으켜 세우더니 묵묵히 걸어간다.

진유청은 나채환의 무식한 대화 방법 때문에 권오현이 마음이 많이 상했나 싶어 조금 걱정이 됐다.

"야!"

진유청이 권오현을 부른다.

권오현이 진지한 얼굴로 진유청을 향해 고개를 돌렸다.

진유청은 화가 꽤 났나보다 싶어 녀석을 달래기 위해 한 마디하려는데, 권오현이 빨랐다.

"얼굴 하나에 감자가 몇 알이나 필요해? 모자라면 안되는데……."

채환이, 무섭단 말이야!

예상했던 것관 전혀 다른 방향으로 심각했던 권오현으로 인해 진유청이 콧잔등에 주름을 잡는다.

그리고 언제나처럼 심술을 부렸다.

"많이."

"그러니까 얼마나 많이?"

권오현은 여전히 진지한 목소리로 묻는다. 감자 한 알이라도 모자라면 큰일 날 듯한 기세.

"아주 아주 많이. 이번 기회에 내 얼굴도 호강 좀 해야겠으니, 내 것까지 부탁한다."

진유청이 한쪽 입꼬리를 말아 올리며 권오현의 어깨에 손을 올린다.

권오현의 머릿속에 감자가 가득 든 소쿠리가 하나, 두 개, 계속 쌓여만 갔다.

"얘가! 무슨 감자 같은 거에 목욕할 일 있냐!"

친구들과 함께 급식소로 들어서는 진유청의 목소리가 쩌

렁쩌렁 울린다.

감자 열 소쿠리면 거짓말 좀 보태서 진가장 이현 형님 전용 연무장에 내가 파 놓은 구덩이도 채우겠다, 이 자식아!

진유청은 혹시나 싶어 권오현에게 감자를 얼마나 준비할 건지 물었더니만 이놈의 자식이 글쎄 커다란 소쿠리로 열 개는 있어야 하냐며 오히려 되묻는 거다.

무슨 니 녀석 얼굴은 연무장 반만 하냐? 감자 열 소쿠리를 처바르려 들게.

아니, 자신과 나채환까지 포함돼 있으니 우리들 얼굴이라 해야 하나?

어렸을 때부터 진유청 자신이 머리가 좀 크긴 했으나 그 정도는 아니다, 쳇!

진유청이 구시렁대며 비어 있는 탁자를 찾으려 주변을 둘러보다 말고 깜짝 놀란다.

자신이 큰소리를 내서인지 급식소 안 수련생들이 모두 자신을 뚫어져라 바라보고 있었기 때문이다.

진유청이 머쓱한 표정으로 미안하다 말한 뒤 비어 있는 자리에 앉았다.

진유청이 앉자 나채환과 권오현은 자연스럽게 그 맞은편 의자에 엉덩이를 붙인다.

권오현이 자리를 잡자마자 진유청이 입을 연다.

"주먹만 한 감자 세 알, 그거면 충분해. 알았나?"

"어엉. 세 알이면 되는구나. 알았어."

열 소쿠리를 다 깎아서 갈았다면 큰일 날 뻔했네, 하는 얼굴로 안도하며 대답하는 권오현을 보니 왜 속에서 열불이 치달아 오를까.

밥상 앞이니 참자, 참아.

진유청이 못마땅한 표정으로 젓가락을 들어 올리자 수련생들도 진유청과 그 일행에게서 시선을 거두고 식사에 열중한다.

평화로운 식사 시간이 이어지고, 밥그릇의 대부분이 비었을 즘 식사를 끝마친 수련생들이 요즘 무림학관 최고 관심사에 대해 너도나도 이야기를 하기 시작했다.

"곧이지?"

"그렇다던데? 이번엔 어떤 분들이 오실까."

진유청이 옆 탁자에서 들려오는 소리에 반찬을 집다 말고 고개를 갸웃거린다.

저게 무슨 소리야?

"삼 년에 한 번, 무림맹 총회가 열린다. 그게 바로 올해고."

진유청의 기색을 읽은 나채환이 짧고 간단하게 설명해 준다.

"다른 녀석들은 신난 거 같은데, 채환이 넌 싫으냐?"

진유청이 넌지시 묻는다.

다른 때처럼 무표정한 얼굴의 나채환이지만 분명 녀석의 눈가가 희미하게 꿈틀거렸다.

다른 사람들은 알아채기 힘들 정도로 미약한 변화지만 진유청의 눈엔 너무도 똑똑히 보였다.

과연, 진유청의 지적이 옳았는지 나채환이 고개를 끄덕인다.

"높으신 분들이 무림맹에 오면 학관 수련생들 격려 차원에서 학관에 들르니까."

"아아……."

채환이의 얘기를 듣다 보니 기억이 난다.

지금이 바로 그때구나!

무림맹에서도 고위직에 있는 이들이 학관을 방문하니 부학장인 철두가 아주 몸서리를 치며 반겼었다. 그리고 그 뒷갈망은 고스란히 만만한 싱빙 수련생들의 몫이 됐고.

게다가 진유청 자신에겐 더욱 끔찍한 일이 벌어져 무림맹 총회고 뭐고 간에 다른 데 신경 쓸 여유가 없었었다.

"사부를 따라온 자경이 형을 만났었지, 아마?"

물론 강수 아저씨가 아니라 원래 자경이 형의 사부가 됐었어야 할 독비쾌검 말이다.

"자경이 형은 정말 성질이 개 같았지."

암, 그랬고말고. 개 같다고 한 게 개한테 미안할 만큼 못돼 처먹게 굴었다.

과거 진유청이 진이현을 끔찍하게 싫어하여 불화를 일으키는 것에 화가 나 있던 오자경은 무림학관에서 만난 진유청을 정말 진저리 날 정도로 괴롭혔던 것이다.

지금이야…… 만나게 된다면 반가워 얼싸안고 목젖이 보일 만큼 크게 웃음을 터트리겠지만.

진유청이 얘기를 하다 말고 혼자만의 세상에 빠지자, 나채환은 이런 일이 익숙한지 진유청의 상념을 방해하지 않고 권오현에게 시선을 돌린다.

입맛이 없는지 권오현이 젓가락을 느리게 움직이며 깨작깨작 밥알을 세고 있었다.

"사내새끼가 밥 먹는 꼬락서니 하고는."

나채환의 목소리가 귀에 파고들자 젓가락질을 하는 권오현의 손이 빨라진다.

자경이 형에서 시작하여 그리운 진가장으로 생각을 이어가던 진유청이 급격히 줄어드는 반찬에 얼른 정신을 차렸다.

"체하겠다, 천천히 먹어라. 너는 채환이가 그렇게 무섭냐?"

자기 몫의 반찬을 사수하며 진유청이 눈을 부라리자 권오현이 애처롭게 축 처진 입꼬리를 파들거린다.

'채환이가 나만 너무 구박하잖아, 나를 싫어하나 봐' 라고 말하는 것처럼.

진유청은 한결 느려진 권오현의 젓가락질에 만족하였기에 부드러운 어조로 말했다.

"광견이 발작하거나 작정하고 두들겨 패며 쌍욕을 해 댈 때 말고, 나름대로 애기란 걸 나누는 상대는 너랑 나밖에 없잖아."

실제로 나채환은 고두희와 똥 사건 이후, 권오현을 보는 눈이 많이 달라졌다.

친구들을 위해, 가장 약한 권오현이 용감하게 나서서 자기가 할 수 있는 최선의 선택을 과감히 했다는 게 광견의 마음을 움직인 모양이었다.

"내가 보기엔 오현이 니가 마음에 드니까 일부러 신경 써 주는 거 같은데? 한수한테 했던 거에 비하면……. 완전 살살 봐주는 거야. 그 정도면."

개 두 마리의 싸움은 정말 처절했었으니까.

그걸 떠올리면 저 나채환이 같이 감자 같은 걸 얼굴에 붙이자며 권오현과 친해지려 노력하는 게 진유청이 보기엔 참으로 대견하다면 대견하고…….

"굳이 안 그래도 되는데."

권오현이 저도 모르게 중얼거리다가 바로 옆에 나채환이 있었음을 깨닫고 얼어붙는다.

진유청이 그 모습을 보곤 입맛을 다시며 인정했다. 권오현 입장에선 그게 무섭다면 아주 무서울 수도 있다는걸.

"밥이나 마저 먹고, 애기할 게 있으면 이따 둘이 따로 하도록 해."

진유청이 자기가 안 좋아하는 반찬 하나를 생각해 주는 양 권오현 앞에 밀어주었다.

"많이 먹어."

배가 든든해야 맞아도 안 아프지.

어쨌든 자기 일은 아니었기에 진유청은 편하게 애기했다.

"그, 그래……."

유청이의 말은 일리가 있었지만, 항상 그렇듯 권오현 자신에겐 그다지 위로가 되지 않았다.

밥그릇에 얼굴을 파묻는 권오현의 어깨가 축 처진다.

진유청이 웃음을 참으며 젓가락을 내려놓는데, 옆 탁자에서 이어지던 말들 중 반가운 이름 하나가 들려온다.

"이번 무림맹 총회는 유례없이 많은 분들이 오신다고 하던데, 소림 방장님도 참석하신댔어."

"소림 방장님이?"

목소리를 높였던 아이가 자기 목소리에 자기가 더 깜짝 놀란 듯 마른침을 삼켰다.

진유청은 소림이란 이름을 듣는 순간부터 눈앞에 떠오르는 까까머리 환한 미소의 순둥이 때문에 절로 웃음이 나왔다.

생각만 해도 사람을 기분 좋게 하는 녀석. 무진이도 오려나?

무림맹에 오면 분명 날 찾겠지?

과거에 있었던 무림맹 총회에 무진이가 왔는지 오지 않았는지는 모르겠다. 자신과 대소림 방장의 막내 제자와는 아무런 접점도 없었으니까.

"왔으면 좋겠다."

흐음. 그런데 우리 순둥이 여기 왔다가 잘못하면 광견의 밥이 되는 거 아냐?

나채환의 성격상 소림을 등에 업고도 뻐기는 거 하나 없이 침이나 질질 흘리고 다니는 순둥이를 보면 엄청 싫어하던지 심하게 마음에 들어할 텐데.

둘 중 어느 쪽이라도 무진이가 시달릴 건 뻔하지만 이왕이면 마음에 들어하는 게 좋겠지?

진유청이 힐끔, 어색한 자세로 나채환과 어깨를 나란히 한 채 밥을 꾸역꾸역 퍼먹고 있는 권오현을 바라본다.

……아니려나?

뭐, 잘 모르겠다. 그건 진유청 자신이 판가름할 수 있는 문제가 아니니. 일단 무진이가 오게 된다면, 그때 알게 되겠지.

다만 좋은 게 좋은 거라며 오현이를 등 떠미는 걸 생각하면 좀 미안하지만, 채환이가 순둥이를 너무 못살게 굴면 꼬랑지 털을 다 뽑아 버리겠다 마음먹었다.

이건 차별이 아니라, 차이다.

오현이는 앞으로도 쭉 나채환과 생활해야 하니 저렇게라도 억지로 좀 더 친해지는 게 낫고, 무진이는 금방 왔다 갈 손님이니 반갑게 맞이하고 아쉬워하며 이별할 수 있는 게 좋잖아?

진유청의 생각은 그랬다.

그러니 힘내라, 오현아.

권오현이 들었으면 기함을 토해 냈을 뜬금없는 결론이 내려졌다.

"사부님, 얼른 오세요, 얼른 얼른!"

무진이가 해맑게 웃으며 제 사부를 향해 손짓한다.

"어이쿠, 이 녀석아. 다 늙은 사부를 이리 재촉하면 어쩌느냐."

소림 방장 목인이 인자한 얼굴에 주름을 잡으며 무진을 향해 말한다.

대소림의 방장이 이 정도 움직였다고 해서 땀 한 방울 흘릴 리 없겠지만 목인은 짐짓 힘이 든 것마냥 한 손을 뒤로 하여 허리를 두들겼다.

"우웅…… 히잇."

무진이 파르라니 깎은 머리통을 벅벅 긁으며 혀를 내밀더니 제 사부 곁으로 가서 두 손으로 콩콩 허리를 두들겨 준다.

"녀석하고는."

어린 막내 제자의 하는 양을 보며 목인의 눈에 정이 담뿍 어렸다.

방장을 호위하기 위해 특별히 뽑힌 소림 제자들의 입가에도 잔잔한 미소가 지어져 있는 것이, 침이나 질질 흘리며 멍한 눈으로 하루 종일 구름 지나가는 길만 손가락으로 훑던 어린 사숙이 초롱 하게 눈을 빛내며 생기 있어진 게 보기 좋은 모양이다.

하남 진가장에 가기 전, 무진은 정말 어딘가 덜떨어진 게 아닌가 하며 눈살을 찌푸리게 하는 배분만 높은 꼬맹이였었으니까.

"무진이가 유독 유청이를 많이 따르긴 했지."

개방의 홍개가, 유청이 납치 사건이 있었을 때 방문 앞에서 새우잠을 자다 무진이에게 호되게 밟혔던 통증이 새삼 느껴지는지 저도 모르게 배를 손으로 가린다.

"에휴."

그때 생각이 나자 등에 식은땀이 흐른다.

자신과 청운자가 유청이 고 맹랑한 녀석의 어린 나이만 보고 쉽게 대하려다 큰코다쳤던 기억과 더불어 그 뒤로 어떤 일이 벌어졌었는지가 새록새록 떠올랐기 때문이다.

오죽했으면 엄격한 규율과 훈도를 자랑하는 무당 출신인

청운자가 열 살도 안 된 어린애에게 학을 떼고는, 앞으로 유청이 비위 뒤틀 일을 저지를 거면 홍개 혼자 하라고, 자기는 절대 동참하지 않겠다고 선언했겠는가.

오랜 시간 곁에서 본 청운자도 홍개가 보기엔 결코 만만한 성격은 아니었는데도 말이다.

그렇게 이런저런 생각을 하다 보니 문득 유청이가 무림학관에 잘 적응했을지 걱정이 된다.

자신이 걱정할 필요가 없는 녀석이긴 해도, 무림학관은 앞으로 무림맹에서 한자리 크게 차지할 어린 요괴들이 그득한 곳이었으니……. 유청이가 제 성질 버리지 않고 거기서도 천둥벌거숭이처럼 날뛴다면 분명 미움을 샀을 텐데…….

본신 실력만이 아니라, 가문을 배경으로 뿌리를 내리는 어린 요괴들과 다툼이 있었다면 문제가 없지는 않을 터.

진유청이 사고를 쳤으리라 믿어 의심치 않는 홍개가 친구인 목영을 향해 물었다.

"소림에선 학관에 수련생을 보냈나?"

"안 보냈다. 개방도 그렇지 않나?"

무림학관의 변질에 실망한 건 소림만이 아니지 않냐고 목영이 오히려 되묻는다.

"나도 방내의 일엔 관심이 없어서 그냥 그런 줄 알았는데……. 이번에 얘기를 들어 보니 똘똘한 녀석 하나가 방주님께 찾아가 다들 하는 건데 더럽다고 우리는 안 하겠다

나서는 건 좋고 싫은 거 가리지 않아야 할 거지의 덕목이
아니라고 박박 우겨서 가 있다고 하더라고."

홍개가 어깨를 으쓱거린다.

"대단한 녀석이군."

목영의 얼굴에 감탄의 빛이 떠오른다. 어린 녀석이 방주
를 찾아가 그런 말을 했다는 게 보통 담력으론 가능하지 않
은 거다.

"학관에 가면 유청이 녀석과 친하게 지내면서 유청이를
잘 돌봐 주라 당부해야겠어."

홍개가 가슴을 내밀며 당당히 말한다.

그걸로 유청이에게 생색도 내고, 진가장주에게 얻어먹은
밥값도 마저 할 겸.

"그러다 그 똘똘한 녀석, 대장한테 두들겨 맞지나 않으
면 다행일걸요?"

홍개의 옷자락을 잡고 걷고 있던 마진호가 음침하게 처
진 눈을 동그랗게 뜨고 말한다.

"뭐라고?"

따악!

홍개가 마진호에게 꿀밤을 먹였다.

마진호는 정말 걱정돼서 한 말인데 사부가 눈을 부라리
며 혼을 내니 속이 상했다.

"……대, 대장은 먼저 나서지 않는 한 그냥 놔두는 게

최고라고요. 안 그러면 서, 성질을 얼마나 부, 부리는데.
사부님은 알지도 못하시면서…….”

마진호가 울상을 짓자 홍개가 다시 주먹을 들어 올린다.

“흠, 흠.”

자신들만 있는 자리도 아니고 방장님도 계신데, 홍개가
너무 스스럼없이 행동하니 목영이 헛기침을 하여 주의를 준
다.

홍개가 아쉽다는 듯 들어 올렸던 주먹을 다시 내렸다.

“그런데 개방의 방주님도 가지 않는 자리에, 정말 자네
혼자 달랑 참석해도 되겠나?”

목영이 홍개의 신경을 다른 데 돌리려 화제를 전환한다.

“뭐 자기가 가기 싫다는데 어쩌겠어?”

다른 문파 같았으면 난리가 났을지도 모를 불경한 자세
로 홍개가 자신의 방주 얘기를 툭 뱉었다.

홍개가 보기엔 그동안 별 관심이 없던 소림이 갑자기 방
장의 동행하에 대대적으로 총회에 가는 게 더 이상하다.

어차피 무림맹 총회는 삼 년 동안 각 문파가 얼마나 해
먹었는지, 앞으론 얼마나 더 해 먹을지 숫자 놀음을 하는
자리다.

꼭 참석해야 할 자리도 아닌 데다, 가진 것도 가질 마음
도 없는 개방 방주가 흥이 동할 리 없었다.

“자네, 아직도 정교를 자네 방주님이 데려간 일로 화가

나 있나?”

진가장과 하남에선 제법 유명한 마가장 정교 삼촌은 개방 총타로 간 뒤 개방 방주의 눈에 들어 그의 제자로 차출됐다.

“그럴 리가 있나. 제 인생을 봐서도 좋은 거고, 나도 진호에게만 신경 쓸 수 있어 좋고. 좋은 게 좋은 거긴 한데…….”

몸 단단하고, 개 잘 잡고, 심부름도 잘하는 정교가 좀 아쉽긴 했다. 어쩌면 방주님도 그래서 정교를 제자로 찍은 거 아닐까?

어쨌건 제자 뺏긴 아쉬움을 달래겠다는 핑계하에 총타를 나섰더니, 잡는 사람 하나 없고, 방주가 손수 이것저것 챙겨서 쥐어 주니 호주머니도 무거워졌다.

딱히 마음 상할 일은 없었던 거다.

정작 홍개의 기분을 상하게 한 건 자신의 방주가 아니라 친구인 무당의 청운자였다.

바람처럼 떠돌다 한곳에 머무르려니 좀이 쑤셔 같이 무림맹에나 놀러 가 유청이 얼굴이나 보고 오자는데, 싫다며 차갑게 거절한 거다.

자기는 제자를 호랑이처럼 강하게 키우니 어쩌니 하며 꼴값을 떨더니만, 늦게 얻은 제자 키우는 재미에 빠져, 불면 날아갈까 호선이를 품에 싸안고 다니며 무당 산문 밖으론 걸음도 안 하려 들고.

배신감이 느껴졌다.

평생의 지기보다, 받은 지 얼마 안되는 제자가 더 중하다 이거지?

홍개가 인상을 와락 쓰자, 목영이 고개를 설레설레 흔들며 마진호를 향해 손을 내밀었다.

홍개의 옷자락을 잡고 있던 마진호가 손에 힘을 풀고는 후다닥 목영에게로 뛰어가 그의 손을 잡는다.

"네 사부 또 저러는구나. 버려두고 나랑 가자."

목영이 마진호를 챙기며 방장에게로 간다.

"목영 선사님, 얼마나 더 가야 무림맹에 도착할까요?"

재게 걸음을 놀리며 마진호가 목영에게 묻는다.

"소림을 나선 지 얼마 되지도 않았는데, 무진이도 그렇고 너도 그렇고 계속 몇 번이나 묻는구나."

피식 웃은 목영이 마진호의 손을 놓고 손가락을 펼쳐 보인다.

"아직도 많이 남았네."

마진호가 시무룩하게 중얼거린다.

"시간은 지나가는 동안은 참 지루할 정도로 늦게 흐르는 것 같지만, 막상 원하는 시간에 도달해서 뒤돌아보면 내가 어떻게 달려왔는지도 기억나지 않을 만큼 빨랐다는 걸 깨닫게 될 거다."

목영의 말이 너무 어려웠는지 마진호가 고개를 갸웃거리며 이해하지 못하자, 그가 마진호의 머리를 쓰다듬었다.

"알고는 있지만, 사실 나도 시간이 더디다, 내 발이 더디다 생각한단다."

이 손이 자연스레 다른 사람에게 정을 주며 맞닿을 수 있게 해 준 유청이가 목영도 많이 보고 싶은 것이다.

목영의 온화한 얼굴을 마주 보며 마진호가 활짝 웃었다.

第二章

누명

진유청은 하노의 처소 앞 평상에 앉아 발을 앞뒤로 흔들고 있다.

곧 하노는 과지를 내올 거고, 진유청은 하노와 나란히 앉아 오독오독 과자를 씹어 먹겠지.

진유청 자신이 하노를 찾는 횟수가 늘어날수록 하노가 그릇 가득 내오는 과자는 점점 더 학관 내에선 구하기 어려운 것들로 바뀌었다.

당연히 맛도 더 있었고.

진유청은 그게 하노의 마음인 것 같아 과자를 씹을 때마다 달콤함보다는 씁쓸함이 먼저 느껴졌다.

그것만 아니었어도 이렇게 마음이 쓰이진 않았을 텐데.

"하노가 포기했으면 좋겠다."

추격대에 쫓겨 다니다 결국 하오문도 멸문당하고 하노 자신도 처참하게 죽는 그런 일이 일어나지 않았으면 싶다.

굳이 자신을 위해 형수 찾는 걸 도와주지 않더라도 상관 없으니.

"무슨 생각을 그리하십니까?"

"헉!"

깜짝이야!

진유청이 눈을 동그랗게 뜬다. 누가 도둑 아니랄까 봐, 너무 살금살금 기척 없이 걸으신다!

아무리 진유청 자신이 딴생각을 하고 있었다고 해도 이렇게 바로 옆에 왔는 데도 전혀 눈치채지 못하다니.

"드십시오."

하노가 평상 위에 과자 그릇을 내려놓는다.

바삭!

진유청이 과자 하나를 집어 한입 베어 물었다.

"맛있으십니까?"

하노의 눈가에 깊은 주름이 부드럽게 잡혔다.

저렇게 웃을 땐 영락없이 진가장의 왕노가 떠올라 진유청은 가슴이 뭉클해진다.

진유청이 크게 고개를 끄덕이니, 하노의 미소가 더욱 진해진다.

"많이 드십시오, 더 있습니다."

대답 대신 진유청이 바삭바삭 과자를 베어 물었다.

그렇게 한참을 집어먹다 보니 배도 부르고 입도 너무 달다.

과자를 집는 진유청의 손이 느려지자, 하노가 구부정한 허리에 뒷짐을 지며 평상에서 몸을 일으켰다.

"차 한 잔 가져오겠습니다."

진유청이 그의 뒷모습을 빤히 바라보다 입을 열었다.

"사람이 욕심이 없으면 발전도 없는 법이겠지만, 가끔은 가진 걸 돌아보며 잃지 않기 위해 포기하는 걸 배우는 것도 나쁘지 않을 것 같아요."

부엌으로 향하던 하노가 의아해하며 고개를 돌린다.

"그게 무슨 말씀이십니까, 진 공자님?"

"나중에 중요한 선택을 해야 할 시기가 와서 뭔가를 결정해야 할 때, 한 번쯤은 되새겨 주셨으면 해요. 하노의 집 평상에 앉아 지금 나와 나눈 이야기를."

하노의 물음에 대한 답은 아니지만, 진유청은 최대한 진지하게 진심을 담아 말했다.

진유청이 자기 속내를 알고 있을 거란 건 상상도 하지 못하는 하노는 아직도 그의 말에 담긴 속뜻을 알지 못한다.

"차는 다음에 와서 마실게요."

진유청이 평상에서 일어났다.

"더 있다 가시지 않고."

하노가 섭섭한 듯 말하자 진유청이 씨익 흰 이를 드러내며 웃는다.

"내일 또 오면 되죠!"

진유청이 하노의 처소를 나선다.

아직은 이르니, 좀 더 시간을 두고 찬찬히 얘기해서 하노의 마음을 돌려 보자 생각하며.

진심을 담아 매일매일 몇 번씩 얘기하는 걸로 사람의 마음을 바꿀 수 있다면 그리하련만.

"세상이 그렇게 녹록하진 않지."

맞는 말이다.

세상은 그렇게 녹록하지 않았다.

"이게 무슨 일이야?"

진유청이 미간을 찡그린다.

왜 상방 숙소 앞에 아이들이 저렇게 와글와글하지?

"유청아!"

아이들을 헤집고 삐죽 고개를 내민 권오현이 진유청을 확인하곤 손짓한다.

푸르죽죽한 안색으로 보건데 무슨 일이 나도 크게 난 모양.

진유청이 다가가자 권오현이 입술에 침을 바르며 할딱거

린다.

"무슨 일인데 그래?"

진유청의 물음에 권오현이 숨을 가다듬으며 대답했다.

"남궁혁이 크게 다쳤대!"

"남궁혁이?"

저번의 일 이후 바깥출입도 삼가고 하방에 틀어박혀 나오지 않던 놈이 갑자기 다치긴 왜 다쳐?

아니 그것보다 남궁혁 그 벼락 맞아 싼 놈이 다쳤다는 것과 상방이 발칵 뒤집어진 것의 상관관계가 뭐지?

설마…….

"하방에 딸린 개인 수련장으로 가던 길에 습격당했다네."

진유청의 얼굴이 굳자 권오현이 다급히 부연 설명을 덧붙였다.

"이런 씨발!"

진유청이 이를 드러내며 으르렁댄다.

습격이라니, 습격이라니!

남궁혁이 다쳤으면 무림학관 전체가 술렁일 만하다.

하나 상방이 이렇게까지 쑥대밭이 될 정도는 아니다.

그건 어디까지나 윗선에서 해결할 일이고, 상방 아이들은 눈치나 보며 쥐 죽은 듯 숨을 죽일 테니.

그런데도 불구하고 상방에 난리가 났다는 건…….

"그 새끼가 내가 했다고 해?"

진유청의 험한 말에 권오현이 깜짝 놀라 누가 들었나 싶어 주변을 돌아본다.

……다들 들었나 보다.

진유청과 권오현 주변에 있던 아이들이 슬금슬금 뒤로 물러나 두 사람 주위가 휑해졌다.

"아니."

권오현이 어깨를 축 늘어트리며 대답하자 진유청이 오히려 당황한다.

분명히 그놈이라면 자신을 걸고넘어졌을 게 분명한데, 왜 아니랬을까? 그럼 이 난리는 또 뭐고?

쿠당탕탕!

상방 숙소 입구 안쪽에서 뭔가가 부서지는 소리가 들렸다.

"큰일 났다! 채환이가 발작하나 보다."

겨우 달래 놓고 유청이를 찾으러 나온 참인데, 그새를 못 참고는 사고를 치는 모양이다.

앞 유청, 뒤 채환. 중간에 낀 권오현은 속이 탔다.

원래 자신의 심약하고 소심한 성격상 이런 일엔 정말이지 끼고 싶지 않았지만, 그렇다고 이 녀석들을 모른 척할 수도 없지 않은가!

자연 모든 원망이 이런 일이 벌어지게 만든 원흉에게 향했다.

"남궁혁 그 새끼가 우리가 했다곤 안 했는데, 안 했다고도 안 했어! 나쁜 새끼!"

숙소 입구로 뛰어가는 진유청의 뒤에 바짝 따라붙은 권오현이 말했다.

진유청이 슬쩍 고개를 돌려 권오현을 힐끔거렸다.

이 녀석도 가만 보면 은근히 성깔 있다니까.

하긴, 생각해 보면 세상에 성깔 없는 놈이 어디 있을까 싶다. 그냥 사람 사는 게 다 그러려니 하며 꾹꾹 눌러 참고 살다 더 이상 담을 공간이 없어지면 한 번에 게워 내는 게지.

권오현은 진유청 자신도 처리하기 쉽지 않았던 고두희를 한 방에 보냈던 전적이 있다.

이번 일도 그렇게 처리할 수 있다면 좋을 텐데.

게다가 상대가 남궁혁이라면 진유청 자신도 인간이 갈 수 없는 길에 도전해 볼 용의가 충분히 있었다.

퍼억, 퍽!

소리 한번 찰지다.

진유청을 본 상방 아이들이 길을 내주었기에 쉽게 상방 입구로 진입할 수 있었던 진유청은 들어서자마자 보이는 광경에 놀라지 않을 수 없었다.

"대단하네."

상방 오호의 방문 앞을 아이들이 반원을 그리며 둘러싸고, 나채환은 그 안에서 방문을 등진 채 광견의 이름이 아깝지 않을 만큼 날뛰고 있었다.

"안 말려?"

권오현이 안절부절못하며 채근하지만 진유청은 요지부동이었다.

"야아!"

결국 참다못한 권오현이 진유청의 귀에 빽 소릴 지른다.

진유청은 턱 끝으로 나채환이 눈매가 얍삽하고 가는 아이 하나를 잘 다져 놓는 걸 가리켰다.

"벌써 저만큼 쥐어 터졌는데, 좀 덜 맞는다고 티나 나겠냐?"

그냥 채환이 기분이나 풀게 놔두자는 진유청의 말에 권오현이 코에서 뜨거운 김을 씩씩 뿜었다.

이런 상황에서 유청이는 어떻게 저렇게 침착하지?

자신은 못 참겠다.

"채환아, 그만둬!"

권오현이 얍삽해 보이는 소년의 멱살을 단단히 틀어쥐고 다른 손을 높이 들어 올리고 있는 나채환을 향해 외치며 몸을 날렸다.

나채환이 그런 권오현을 향해 고개를 돌리는데.

퍼억!

권오현은 나채환 근처까지 가지도 못하고 옆구리를 부여잡고 쓰러졌다.

"이건 또 뭔데 끼어들어?"

사나운 광견의 발작엔 차마 끼어들지 못했던 아이들이 만만한 권오현에겐 자리를 내어 주지 않는다.

퍽, 퍽!

권오현의 몸이 아이들의 주먹질과 발길질에 이리저리 흔들린다.

나채환은 물론 진유청의 눈에서도 불길이 치솟았다.

저럴까 봐 시간을 끌었던 거다. 자신이나 권오현이 끼어들면 싸움질이 더욱 커져 수습이 불가능할 정도로 난장판이 될까 봐.

진유정은 지금 자신까지 끼어들면 대화로 상황을 이끌어 나갈 가능성이 완전히 없어진다는 걸 알면서도 주먹을 불끈 말아 쥐지 않을 수 없었다.

"저리 비켜!"

진유청이 지면을 박차고 뛰어올라 다리를 쭉 뻗었다.

"으아아악!"

부학장 철두가 두 손으로 머리를 감싸 쥔 채 괴로워한다.

대체 이게 몇 번째냐 이 말이다!

자신이 있는 돈 없는 돈 다 털어 무림학관 부학장 자리를 꿰찬 이후, 요즘처럼 사건 사고가 끊이지 않았던 적이 없었다.

남궁 공자 일로도 벅찬데 상방 수련생 하나가 뛰어와 하는 말에 철두는 교두들을 이끌고 갔다.

설마 하며 구경하는 아이들이나, 숙소로 들어가고 싶어도 무서워 꼼짝도 못 하는 아이들을 뒤로 물리고 입구에 들어서니, 안에는 아이들이 한데 뒤엉켜 그때까지도 주먹질을 멈추지 않고 있는 것이다.

교두들까지 동원해 싸움을 말리고 나니 허탈함과 동시에 화가 머리끝까지 솟구쳤다.

그는 눈초리를 하늘을 향해 치뜨고는 자신의 앞에 서 있는 아이들을 노려보기 시작했다.

철두의 부리부리한 눈은 특히나 진유청에게 오래 머물렀는데, 이 모든 사달이 바로 그가 온 이후부터 시작되어 이어지고 있다는 걸 둔한 머리로도 확실히 느끼고 있었기 때문이다.

"남궁 공자의 상태를 확인하는 동안 조용히 기다리고 있으라 했건만, 이게 무슨 일이지!"

철두의 외침에 상방 오호의 아이들을 제외한 모두가 고개를 푹 숙인다.

철두는 상방 오호의 사고뭉치들이 더욱 괘씸하게 느껴

졌다.

"남궁 공자는 머리가 깨지고, 팔이 하나 부러졌다. 다른 상처들도 가볍지는 않으니 한동안 치료를 해야 한다는군. 남궁 공자가 몸이 좋지 않아 하방에 칩거하고 있다가 밖으로 나온 때를 노린 참으로 간악한 행동이었다."

진유청에게 맞았던 게 어느새 크게 앓았던 걸로 말이 바뀌어 학관에 퍼졌기에 철두의 말에 틀린 곳은 없었다.

그의 목소리가 음침하게 낮아진다.

"누가 이런 짓을 했는지, 밝혀진다면 범인은 물론 그 녀석 가문까지 남궁세가의 분노를 고스란히 받아 내야 할 것이다."

다분히 위협적인 어조로 으름장을 놓은 철두가 일단 그 일은 뒤로 미뤄 두고 눈앞의 상황을 먼저 처리하기로 한다.

"너희는 왜 소동을 벌였지?"

추궁은 미운 놈부터. 먼저 맞는 놈이 가장 아프게 맞는 법이니까.

"저희가 벌인 게 아니라, 저 녀석들이 먼저 채환이를 공격했습니다."

진유청의 말에 철두가 가당치도 않다는 듯 콧방귀를 뀐다.

"설마 그랬을라고."

"정말입니다!"

권오현도 억울한지 발을 동동 구르며 진유청 편을 들자 철두가 비교적 멀쩡한 편인 상방 오호 아이들에 비해 심하게 망가진 다른 아이들을 향해 묻는다.

"너희가 먼저 그랬느냐?"

"네."

당연히 아니란 소리가 나올 거라 생각했던 철두의 다리가 휘청거린다.

나채환에게 멱살이 틀어잡힌 채 두들겨 맞아 가장 상태가 안 좋은 녀석이 한 발 앞으로 나섰다.

"남궁 공자님이 습격당했단 소릴 듣고 아이들이 불안해하는데, 서춘이가 말하길 자기가 상방 오호 녀석들이 하방 쪽으로 몰래 가는 걸 봤다고 해서 확인하려 했던 겁니다."

눈매가 얍삽한 놈, 저거 이효민이군.

일전에 진유청 자신을 자기들 무리로 포섭하려 했던 놈이었다. 물론, 진유청이 마음에 들어서라기 보단 남궁혁의 사주를 받고 움직였던 거지.

이번에도 그럴까?

진유청이 눈을 가늘게 뜨고 입을 잘도 나불거리는 이효민을 쏘아봤다.

"어떡해, 유청아⋯⋯."

권오현이 불안한 얼굴로 진유청의 소매를 붙잡고 늘어지는데, 철두는 신이 난 듯하다.

"그게 정말이냐!"

자기가 나서서 증거를 찾지 않아도, 한 번에 골칫덩이들을 해결할 수 있다고 생각하는지 안색이 확 밝아졌다.

"절대 아닙니다!"

진유청은 당연한 듯 초를 쳤고.

"네, 맞습니다!"

이효민은 제 주장을 굽히지 않는다.

진유청과 이효민 사이에 벼락이 내리꽂힌 듯 뜨거운 기운이 감돈다.

철두는 이효민을 믿고 싶었다. 아니라고 해도, 어떻게든 그렇게 만들고 싶을 정도로.

"확실한가?"

"남궁 공자님이 습격을 당한 지 얼마 안됐으니 서춘이 말대로라면 분명 상방 오호에 흔적이 남아 있을 겁니다!"

이효민의 자신만만한 어조에 철두가 눈을 빛낸다.

"강 교두와 이 교두는 나를 돕고, 다른 교두들은 아이들을 진정시켜라."

철두가 상방 오호의 방문에 손을 댔다.

긴장이 자욱하게 내리깔린 가운데.

꼴깍!

누군가의 목에서 마른침 넘어가는 소리가 들린다.

하지만 진유청은 긴장하거나 초조해하지 않았다. 어차피

이효민이 저리 나올 정도면 이미 손은 다 써 두지 않았을까?

지금은 불안해하는 게 아니라 집중해야 할 때.

진유청이 눈을 크게 뜨고 마음을 가라앉혔다.

나이는 똥구멍으로 먹는 게 아니거든? 꼬투리 하나만 잡혀 봐라. 너네 다 죽었어!

진유청은 자신들 옆에 서서 희희낙락 눈짓을 주고받는 이효민 패거리들의 얼굴을 잘 기억해 뒀다.

강일언은 자신의 수업을 듣는 수련생들을 제자라고 생각지 않는다. 그들은 좀 더 나은 환경, 나은 수업을 듣기 위해 자신을 스쳐 지나가는 이들이다.

하나 근래 들어선 한 명, 제자라 부르고 싶은 아이가 생겼다.

재능은 그리 많지 않았지만 심성이 착하고 끈기가 있었다.

차근차근 노력을 쌓다 보면 어느 날 대성할 거라 격려하고픈 아이였다.

그 아이가 바로 권오현이다 보니, 상방 오호를 뒤집는 강일언의 마음은 복잡하다.

아무리 남궁혁의 방자함이 교두들 사이에서도 모르는 이가 없을 정도로 심하다 해도, 습격이라니……

　게다가 권오현의 침상 밑에서 나온 피 묻은 목검은 또 뭐란 말인가.

　몸을 굽힌 채 침상 밑을 바라보던 강일언은 순간 고민했다.

　이 목검을 손끝으로 더욱 깊숙이 밀어 넣을지, 아니면 꺼내 놔야 할지에 대해.

　"뭐하나?"

　등 뒤에서 철두의 목소리가 들리자 강일언의 낯빛이 굳었다.

　"증거를 찾으신 모양입니다!"

　열린 방문 밖에서 아이들이 수군거리기 시작했다.

　평생 올곧게 살아왔던 강일언이 저도 모르게 손을 튕겨 목검을 밀어 넣으려 할 때였다.

　"여기 피 묻은 옷이……."

　동료인 이 교두도 증거를 찾았다. 강일언이 애써 목검을 숨긴다고 하여 해결될 일이 아니었다.

　강일언이 손을 틀어 목검의 손잡이를 쥐고 꺼낸다.

　"와아!"

　그래도 이런 상황에서 환호성이라니. 상방 오호 아이들에게 심하게 맞아 더욱 적개심이 커진 아이들의 소란스러움이 강일언의 심기를 건드렸다.

　하지만 아이들만 탓할 게 아니다.

몸을 일으키니 부학장 철두의 얼굴에도 웃음기가 묻어 나온다.

강일언이 한숨을 내쉬며 이 교두가 내려놓은 옷가지 옆에 목검을 나란히 뒀다.

철두는 의기양양하게, 그리고 눈에 살기를 담아 몸을 돌렸다.

"이래도 할 말이 있느냐?"

있을 턱이 있나. 증인에 이어 증거까지 나온 마당이니.

하나 한 번 미운 놈은 끝까지 미운 짓을 한다.

"네, 많습니다!"

진유청이 성큼성큼 오호 안으로 들어왔다.

"······그냥 있는 것도 아니고, 많다 이건가?"

상방 오호 밖에는 안의 상황이 너무 궁금하여 호기심으로 두려움을 이겨 낸 수련생들이 조금씩 모여들어 좁은 통로가 터질 것처럼 가득 찼다.

수많은 시선 속에서도 진유청은 자유롭게 움직였다.

최대한 아무렇지 않은 얼굴로, 동요하지 않으면서.

살인죄로 누명을 쓴 것도 아니고, 남궁혁 뒤통수 후려친 정도로 누명을 쓰고 자신이 피해를 입을 거라고?

천만에 말씀!

이 정도는 아무것도 아니다.

진유청은 일단 창문을 열고 고개를 빙그르르 돌리며 사

방의 벽을 훑어봤다.

그리고 원하는 걸 찾자 씨익, 흰 이를 드러낸다.

그다음엔 방 곳곳을 교두들보다 열심히 헤집었다.

"뭐하는 거냐."

철두가 의아한 듯 묻자 진유청이 대답했다.

"증거 확보요."

"증거는 여기 나와 있지 않느냐!"

"그거 말고, 그 증거가 가짜라는 증거 말입니다."

과거에도 학관 내 상방에서 비리비리한 녀석들을 골려 먹을 때 고두희가 자주 써먹던 방법이 있다.

죽은 쥐를 이불 속에 넣어 놓거나, 훔친 물건을 침상 속에 던져두거나. 자신들은 몇 번이나 장난을 쳤고, 결국은 증거가 모여 발각당했다.

그걸 역으로 풀면…… 오늘의 장난질도 답이 나온다.

아무리 애늙은이이고, 스스로가 영악하다 여겨 서슴없이 이런 짓을 저지르지만, 고두희나 이효민이나 생각하는 건 거기서 거기. 비슷했다.

진유청이 창밖을 검지로 가리킨다.

"밖에 발자국이 찍혀 있습니다. 며칠 전 비가 왔으니 그 이후 찍힌 거라 생각되니 크기를 재 주십시오. 우리 셋이 방문이 아닌 창으로 몰래 이 방에 숨어들어 올 일은 없으니 저건 분명 우리에게 죄를 뒤집어씌우려는 범인의 것일 겁니다.”

철두가 눈살을 찌푸린다.

“지금 뭐하자는 거냐.”

진유청은 대답 대신 방 한가운데로 걸어가 피 묻은 옷을 펼쳐 들었다.

무림학관에서 통일하여 입는 수련복이고, 일 인당 세 벌씩 지급되는 물건이다.

진유청이 좀 전에 살펴보니 자신은 물론 다른 녀석들 것은 입고 있는 걸 제외하면 모두 빨래 꾸러미 속에 들어 있었다.

시간이 되면 빨래 꾸러미를 내놔 하인이 걷어 가도록 해야 하는데, 깜빡하고 그냥 둔 거다.

다른 때면 꼬질꼬질하고 냄새나는 수련복을 보며 짜증이 났을 텐데, 오늘은 왜 이리 반가운지.

“우리 셋은 수련복을 각자 세 벌씩 모두 갖고 있으니 이건 우리들 것이 아닙니다. 다른 수련생들의 수련복을 확인해 보시면 분명 누군가 한 명의 수련복이 한 벌 모자란 녀석이 있을 겁니다.”

그놈이 범인이거나 혹은 범인의 동조자일 거란 애기를 말끝에 덧붙이는 진유청으로 인해 좌중이 고요하다.

하다못해 철두까지 눈을 깜빡이며 자신이 들은 말에 대해 되뇌고 있었다.

“이 검은……."

진유청이 옷을 내려놓고 이번엔 피 묻은 검을 손에 든다.

“그건 또 무슨 이유로 증거가 안 된다 주장할 거지?"

철두가 고까운 얼굴로 묻자 진유청이 어깨를 으쓱거렸다.

“이건 오현이 녀석 검이 맞는데요?"

“헉!"

긴장이 가득한 데도 제 할 말을 다하며 논리적으로 증거를 반박하는 진유청을 존경하기로 마음먹었던 권오현이 헛바람을 들이킨다.

“그럼 저 녀석 혼자 한 짓이라 이거냐?"

“그럴 리가요. 우리 오현이는 그럴 만한 배짱도 없지만 무엇보다……."

잠시 뜸을 들인 진유청이 고개를 설레설레 흔들며 말을 이었다.

“아무리 뒤에서 덮쳤다 해도 남궁 공자의 팔을 부러뜨릴 실력은 안되죠."

‘그 정도야 다들 아는 사실이잖아?' 라고 말하듯 진유청이 사람들과 하나하나 시선을 맞춘다.

“그렇긴 해. 광견이라면 모를까, 권오현은 좀 아니지."

권오현으로서는 방 밖에서 구경하던 아이들이 동조해 주니 고맙다고 하고 싶지만, 왜 울컥 뜨거운 게 치밀어 오를까.

권오현이 인상을 쓴다.

"결국 너희들은 죄가 없다 이거렷다?"

"이따위 것들은 누구라도 남에게 죄를 뒤집어씌우기 위해 간단히 만들어 낼 수 있는 조작이란 겁니다. 죄를 물어 벌을 하시려거든 좀 더 확실하여 누구라도 수긍할 수 있을 만한 범죄 증거와 논리가 있어야 하지 않겠습니까?"

진유청은 시종일관 일관성을 갖고 자신들의 떳떳함을 주장했다.

죄는 죄 없는 이가 죄 없음을 증명해야 하는 게 아니라, 죄를 묻는 이가 증명해 벌을 주는 게 맞다.

그 정도 기본도 없이 사람을 억압하려 드니, 어린 수련생들 앞에서 이런 꼴을 당하는 거요, 부학장.

진유청이 한 다리를 슬쩍 벌리고 까딱거리며 한쪽 눈을 치켜들었다.

"너는 내가 열 살짜리 어린애의 조잡한 변명을 들으며 '아, 너희는 죄가 없구나' 하고 수긍해 줄 거라 여기느냐!"

달리 할 말이 없으니 철두가 버럭버럭 소리만 내지른다. 윽박을 질러 겁을 주고, 일을 자기가 원하는 방향으로 끌고 나갈 셈인 거다.

그런다고 겁먹을 진유청은 아니었지만.

"그럼 열 살짜리 증인에, 그 녀석들 말을 듣고 우리를 범인으로 몬 일을 철회하시던지요."

한마디도 안 진다. 진유청도 지금 물러나면 겨우 세워 놓은 기세가 꺾인다는 걸 아는 까닭이다.

"저는 좀 전까지 무양전을 청소하는 하노와 함께 있다 오는 길이고, 다른 둘도 각자 움직였습니다. 의심 가는 부분이 있으면 확인해 보십시오."

진유청이 아니면 이효민 패거리가 거짓말을 한 게 된다.

철두는 골치가 지끈지끈 아파 왔다. 진유청의 얼굴을 보는 순간, 오늘의 일이 그렇게 쉽게 끝나지 않을 걸 예상했어야 하는데…….

"너희들은 근신하고 있어라. 남궁 공자가 안정되면 좀 더 아까의 일을 기억해 낼 수도 있으니 기다려 보는 게 좋겠군. 그리고 교두들은 이 증거물들과 진유청 저 아이의 말을 확인해 보도록 해라."

철두는 빨리 상방 숙소를 나서고 싶었다. 저 검은 눈만 봐도 숨이 콱 막히는 게, 없던 병도 생길 거 같다.

아이들이 철두에게 길을 내주기 위해 분분히 물러나고, 그 가운데 이효민 패거리도 섞여 있자 철두가 그들에게 싸늘한 기운을 뿜었다.

일을 하려면 확실히 할 것이지, 상방 오호 수련생들의 발을 묶기는커녕 자신의 얼굴에 똥칠만 해 놨으니…….

이효민은 감히 얼굴을 들지 못하고 머리꼭지로 쏟아지는 따가운 시선에 몸서리쳤다.

그렇게 철두가 휑하니 가 버리자 남아 있는 아이들은 저도 모르게 상방 오호 안으로 고개를 돌린다.

자신들 같았으면 한마디 말 꺼내기도 힘들었을 텐데, 극으로 치닫던 상황을 단숨에 정리해 버린 진유청이 양손을 허리에 얹고 이쪽을 바라본다.

어린 나이에도 의연하고 또랑또랑한 눈빛으로 철두를 압도한 진유청이 아까와 다르게 보이는 건 어쩔 수 없는 일.

하나 대단하다며 그 모습에 제대로 감탄하기도 전에, 진유청의 왼편에 서 있던 나채환은 으르렁 이를 드러내어 밖의 아이들을 겁주고, 오른편에 서 있던 권오현은 천천히 다가와 문을 '쾅!' 닫아 버린다.

닫힌 문 앞에서 구경꾼이었던 아이들과 이효민 패거리는 한참이나 떠나지 못했다.

"갔냐?"

"응, 이제 다들 간 거 같아."

권오현의 대답에 진유청이 잔뜩 힘주었던 어깨를 축 늘어트리더니 바닥을 데굴데굴 나뒹군다.

"아, 약 올라! 으아악, 약 올라!"

사람들 앞에서 최대한 허점을 보이지 않으려 잔뜩 무게를 주며 뻣뻣이 세웠던 목 뒤가 뻐근해 죽을 거 같다.

"남궁혁, 이 개자식!"

저번 일을 묻어 두고 조용히 넘어가나 싶었더니 이렇게 사고를 치는구나.

우리가 한 거라고도 안 했지만, 안 했다고도 하지 않았다니. 이건 뭐, 그냥 우리를 엿 먹이겠다는 거잖아!

진유청이 이를 득득 갈았다.

한참을 씩씩대던 진유청이 자기들 침상에 앉아 멀찌감치 떨어져 자신을 구경하던 나채환과 권오현을 손짓해 부른다.

세 아이들은 일이 있을 때마다 그랬듯 방 한가운데 머리를 맞대고 앉았다.

"더럽고 아니꼬워서 확 집에 가 버릴까 부다."

안 그래도 진가장, 편하디 편한 내 집으로 가고 싶은 마당에 아주 등을 떠미는구나, 떠밀어!

"정말?"

날 버리고 가게? 권오현의 눈동자가 크게 흔들린다.

"꼭 그렇다는 건 아니고⋯⋯."

안 그래도 크게 놀랐을 권오현을 더 놀라게 할 순 없어 진유청이 일단 뱉은 말을 주워 담아 본다.

그 정도로도 권오현은 크게 안도하여 제 손으로 가슴을 쓸어내렸다.

"다행이다. 유청이 너까지 가면 상방 오호에 나와 채환이 둘만 있어야 하잖아."

⋯⋯그게 걱정이었냐? 아우, 이걸 그냥 광견 입에 처넣

고 가 버릴까 보다!

권오현을 물끄러미 응시하던 진유청이 심각하게 고민했다.

사실 학관에 온 이후 예상했던 것보다 많은 일들이 짧은 시간 동안 계속해서 팡팡 터져 나왔다.

조용히 제 할 일만 하며 학관에서 보내야 할 시간을 흘려버리려 했던 진유청은, 입관 당일 광견 나채환과 얽히면서부터 이미 첫 시작이 어긋나 버렸다.

자신으로 인해 꼬인 인과의 흐름이 더 이상 헝클어지지 않게 하려 하는데, 주변에서 도움을 안 주는 것이다.

이왕 이렇게 된 거, 그냥 배 째라 해 버릴까?

진유청이 무림맹 무림학관에 와서 만나야 한다 생각한 이들 중 벌써 셋과 조우하고 한 명만 남았다.

빨리 남은 일을 처리하고 학관을 떠나 형수를 찾고, 그리운 집으로 돌아갈까?

이만하면 너무 잘난 형 뒷바라지와 자신의 노후를 위해 할 만큼 한 것도 같다.

진유청에게서 풍겨 나오는 기운이 심상치 않자 권오현이 그의 소맷자락을 와락 움켜쥐었다.

이놈의 입은 왜 분위기도 못 맞추고 진심을 얘기해서는 유청이 기분을 상하게 했을까!

"유청아, 좀 전에 그건 그냥 해 본 소리고. 니가 가면 너

무 섭섭해서 나와 채환이는 밤마다 이불 뒤집어쓰고 울지도
몰라.”

　권오현이 주절주절 이야기를 하며 나채환에게 눈짓을 하
지만, 나채환은 입을 꾹 다물고 열지 않았다.

　진유청이 그런 나채환을 힐끔거린다.

　“채환이 넌 내가 가도 하나도 안 섭섭하냐?”

　은근히 묻는 어조에 장난기가 묻어난다.

　나채환이 속으로 혀를 차지만, 권오현은 안달복달하며
나채환에게 얼른 대답하라 눈을 깜빡, 깜빡거렸다.

　결국 나채환이 입을 연다.

　“……그래. 유청이 네가 가면 다른 건 몰라도 오현이 저
자식이 이불 뒤집어쓰고 울다가 시끄럽다고 나한테 뒤지게
맞을 거란 건 확실하다.”

　“헉! 안 울어, 안 울 거라고!”

　광견의 무시무시한 말에 권오현이 당장 발등에 떨어진
불부터 껐다.

　하나 불씨는 여전히 살아 있다.

　“좀 전엔 나 집에 가면 울 거라며? 안 섭섭한 거냐?”

　“울면 때린다.”

　진유청이 달달 볶고, 나채환이 달달 볶고. 권오현의 눈동
자가 빙글빙글 돈다.

　“짜식들, 에혀. 귀엽게도 노는구나.”

아이들과 아옹다옹하다 보니 힘들었던 게 가시는지 진유청이 피식 웃는다.

갈 때 가더라도 아직 닭도 안 된 병아리 한 마리와 강아지 한 마리는 어떻게든 하고 가야 할 텐데.

일이 벌어지고, 꼬이는 대부분의 원인들이 진유청 자신이 자초한 바가 크다는 사실은 과거나 현재나 그리 변한 게 없지만, 진유청은 끝까지 그 사실에 대해 자각하지 못하고 있었다.

여기저기를 붕대로 칭칭 감은 채 누워 있는 남궁혁의 안색은 초췌했다.

"그래서 정말 기억나는 게 없나?"

부학장 철두가 이마에 흐르는 식은땀을 손등으로 닦으며 다시 한 번 확인한다.

"없습니다."

남궁혁은 길게 말하지 않았다.

"허어, 이거 참."

철두가 난감한 기색을 감추지 못한다.

"그렇게 명명백백한 증거들이 나왔는데도, 상방 오호 수련생들이 발뺌을 하는 걸 보고만 계신 겁니까."

하방 남궁혁의 방 안에 있는 이는 철두만이 아니었다.

하방 수련생 중에서도 쟁쟁한 가문에 속해 있는 이들이

모여 철두를 힐난하는 눈빛을 보낸다.

"그게 너무 조목조목 반박하고 따져 대는데…… 다른 교두들도 있고 상방 수련생들도 몰려들어 억지로 밀어붙이기가……."

"누가 억지로 밀어붙이라 하였습니까? 큰일 날 소릴 하십니다, 부학장님."

소기가 덤덤한 목소리로 하방 수련생들과 철두 사이에 끼어든다.

"흠흠."

진유청과 상방 오호 수련생들을 강제 퇴관시키고 싶을 만큼 싫었으면 아까 미리 언질이라도 줄 것이지.

아깐 아무 말도 없이 모르쇠로 일관하더니, 상방의 소동이 끝난 뒤에야 왜 좀 더 상방 오호 수련생들을 추궁하지 못했냐며 눈지를 순다.

철두는 아이들에게 휘둘려야 하는 자신의 처지가 안타까웠지만 어쩔 수 없는 노릇.

당장이야 나이 어린 학관 수련생들이라 해도 몇 년만 지나면, 아니 학관을 나서기만 해도 이들은 철두가 말 한 번 섞기도 힘든 가문이나 문파의 자제들인 까닭이다.

"이만 나가 보십시오. 그 일에 대해선 나는 상관하지 않을 작정이니, 부학장님이 알아서 잘 처리해 주십시오."

"알았네. 몸조리 잘하게나. 자네에게 무슨 문제라도 생기면 내 남궁민 대공자를 어찌 보겠나.”

남궁혁의 무례한 축객령에도 철두가 애써 친근한 어조로 말하지만 그건 철두의 실수였다.

남궁혁은 철두의 말에 호응하지 않고 고개를 돌려 그를 외면한다. 형인 남궁민에 대한 이야기가 불쾌해서다.

“끄응…… 나는 나가 보지.”

정적 속에 홀로 내팽개쳐져 있던 철두가 힘없이 남궁혁의 방을 나섰다.

“무능력한 돼지 같으니라고.”

하방 수련생 중 하나가 입가에 조소를 띠며 중얼거린다.

“어떡하지? 상방 수련생 주제에 하방 수련생을, 그것도 혁이 너를 이렇게 만들었다면 그에 상응하는 보복을 응당 받아야 하지 않을까?”

진유청의 반박 따윈 하방 수련생들 귀엔 들어오지도 않았다.

남궁혁이 부인하지 않는 이상, 범인은 상방 오호 수련생들, 그것도 진유청 그 녀석이 확실했다.

방이 소란스러워지자 남궁혁이 눈을 지그시 감는다.

“너희들도 가 봐라. 쉬고 싶다.”

남궁혁의 심기가 편치 않음을 느낀 하방 수련생들이 별 말없이 방을 나선다.

하나 모두가 남궁혁의 눈치를 살피며 허둥지둥 걸음을 옮기는 건 아니었다.

끝까지 남아 있는 아이들이 두 명 있었는데, 한 명은 사도진, 다른 한 명은 바로 소기였다.

"왜?"

남궁혁이 눈을 감은 채로 묻자 사도진이 소기를 바라본다.

소기가 고개를 젓자 비로소 사도진은 남궁혁과 소기 사이에 이전엔 없었던 끈이 연결돼 있고, 이 공간에 방해자는 자기 혼자란 사실을 깨닫게 된다.

그냥 나갈까 잠시 고민하던 사도진은 그답지 않게 주저했지만 결국 입을 연다.

"유청이가 그랬나?"

"모른다고 했잖아."

"정말?"

"……너는 남궁세가 삼공자이자 학관에 들어오기 전부터 안면이 있던 나를 모욕하고 있다. 그것도 진유청이 무죄라고 생각하기 때문에. 내 말이 틀려?"

다른 때였다면 악을 쓰고 독기를 풀풀 풍겼을 남궁혁이 힘없이 말하자 사도진은 미안한 마음이 들었다. 무엇보다 사도진은, 광견 나채환이 아니더라도 진유청 혼자만의 힘으로도 남궁혁을 저렇게 만들 수 있다는 걸 안다.

남궁혁이 범인에 대해 말하지 않는 이유가 추측이 되어 사도진은 고개를 끄덕인 뒤 자리를 뜬다.

모두 사라지고 이제 마지막 한 명, 벽에 등을 기댄 채 서 있는 소기만 남자 남궁혁이 침상에서 일어났다.

"아픈 사람이 좀 더 누워 있어야지."

소기의 말에 남궁혁이 눈을 새파랗게 빛내며 칭칭 감고 있던 붕대를 잡아당긴다.

부러졌다던 팔이 너무나 멀쩡하게 움직인다.

"소기, 너였지?"

남궁혁의 목소리가 떨린다.

남궁혁 자신이 습격당한 건 사실이다. 다만, 알려진 것처럼 그리 크게 다치지 않았고, 범인이 누군지도 어렴풋이 짐작하고 있었다.

"들켰나?"

소기는 별다른 감정 변화를 내보이지 않았다.

"왜 그런 짓을 했지?"

"그러는 남궁혁, 너야말로 내가 멍석을 깔아 주니 그 위에서 잘 뒹굴지 않았나. 나는 남궁세가 삼공자에게 상처를 남길 만큼 멍청한 놈은 아닌데, 예상한 것보다 크게 다쳤다고 앓아눕는 바람에 실수라도 한 건가 싶어 조마조마했다고."

말은 그리하지만 별로 그랬을 거 같아 보이진 않는다. 다른 사람도 아니고, 저 소기라면.

소기는 남궁혁을 습격했고, 남궁혁은 기절했다가 그를 발견한 하방 수련생들에 의해 자기 방으로 옮겨졌다.

그리고 정신을 차리자마자 이 일을 꾸민 거다.

남궁혁은 곧 무림맹 총회가 열린다는 것에 압박감을 느끼고 있었다.

이유는 알 수 없지만 큰형인 남궁민은 진유청에게 관심이 많았고, 자신은 그의 명령을 제대로 이행하지 못했기 때문이다.

그래서 아예 이참에 학관에서 눈엣가시 같은 진유청의 존재를 지워 버리면 어떨까 생각했다. 마침 좋은 기회를 얻었으니.

그리고 지금에서야 남궁혁은 그게 좋은 기회가 아니었단 걸 깨닫게 된다.

멍청하게도 자신은 다른 사람이 펼쳐 놓은 그물에 발을 담그고 물고기를 잡겠다고 허우적댔던 거다.

정작 자신이 그물에 갇혔다는 건 깨닫지 못한 채로.

"이효민은 이럴 때 쓸 만한 인재가 아니다. 네 사촌인 남궁철민이었다면 좀 나았을 텐데."

아쉽다는 듯 말하는 소기를 남궁혁이 죽일 듯 노려봤다.

"다음엔 좀 더 잘해 보자고. 그래도 아예 성과가 없었던

건 아니잖아? 하방 수련생들 사이에서 진유청에 대한 반감
이 뚜렷하게 상승했으니.”
　소기가 남궁혁에게 말한다.
　남궁혁은 대답하지 않았다.

第三章

재회

소림 방장 목인이 오랜만에 무림맹 총회에 참석한다는 뜻을 밝히자, 많은 문파와 세가가 지금까지와 다른 소림의 행보에 불안함을 갖고 있었다.

무림맹 소속이지만 무림맹의 행사와는 한 발 떨어져 있던 소림이 본격적으로 무림맹의 일에 관여한다면 그만큼 다른 문파들의 이익이 줄어드는 까닭이다.

그럼에도 불구하고 소림 방장 목인을 맞이하는 무림맹 인사들의 얼굴엔 한 점 그늘도 없이 환한 웃음만이 자리하고 있었다.

"어서 오십시오."

총관의 환대 뒤론 각 문파의 장로나 먼저 도착해 있던 장문인들이 친히 나와 그를 맞이했다.

"어찌 그리 뜸하신 게요. 아무리 소림이 속세에 발 딛기를 꺼려한다 하지만, 그래도 우린 한 식구가 아니오."

"하하, 그리됐소이다. 최 장문인은 여전하시구려. 이 늙은 중만 세월이 가는 걸 온몸으로 느끼나 보오."

소림 방장 목인이 점창의 장문인인 최석의 말을 받았다.

"이 아이가 그렇게 아낀다는 막내 제자요?"

"그렇소이다. 무진아, 인사해야지. 점창의 최 장문인이시다."

목인의 말에 무진이가 고개를 뒤로 젖혀 최석을 올려다본다.

크, 크다!

살집이 두툼하거나, 덩치가 좋은 건 아니지만 보통 사내들보다 머리 하나는 큰 키가 무진을 놀라게 했다.

"츠, 츠읍! 아, 안녕하세요!"

무진이 입가로 침을 질질 흘리며 인사를 하자 최석이 희미하게 눈살을 찌푸린다.

"여기, 손수건 있어요!"

무진이 침 흘리는 버릇을 많이 고쳤음에도 허리춤에 꼭꼭 매달고 다니는 손수건을 꺼내 들려 하자, 목인이 무진의 머리통을 콩 하고 쥐어박았다.

"이 녀석, 그 버릇 다 고친 줄 알았더니 아직도 여전하구나."

목인이 가볍게 꾸지람을 하더니만 손수 소맷자락으로 무진의 입가를 닦아 준다.

그 모습이 어찌나 다정해 보이는지 마치 친조손같이 보였다.

고고한 소림의 방장이 아끼는 막내 제자에게 정성을 다하자 마중 나온 무림맹 인사들의 얼굴에 고소가 지어진다.

세속에 물들지 않겠다며 무림맹도 멀리하는 소림의 수장이, 한낱 침이나 흘리는 꼬마 아이에게 정을 담뿍 주는 모습이 이해가 안됐던 거다.

물론 소림의 다음 대를 이끌 주역인 방장의 막내 제자가 좀 덜떨어져 보인다는 게 그리 나쁜 상황은 아니란 것에 생각이 모아졌지만.

"일단 들이가시 마저 이야기를 나누는 세 어떻소. 나는 벌써 다리가 아픈 듯하오."

최석이 농을 섞어 말하자 분위기가 한결 화기애애해진다.

무진은 나이 많은 사람들이 한데 모여 이런저런 덕담을 나누는 걸 보고 처음엔 다들 사이가 참 좋으신 줄 알았다.

한데 좀 이상한 거다.

사이좋은 친구라면 응당 자신이나 유청이, 혜 누나처럼 서로를 볼 때 반짝반짝 다정하고 예쁜 빛깔이 깃들어 있어야 하는데, 이 사람들 사이에선 오히려 숨이 턱 막히는 음침한 기운이 감돈다고 해야 하나?

무진은 더 이상 여기 있고 싶지 않았다.

심술맞지만 눈동자 가득 세상과 무진에 대한 정을 가득 담고 있는 유청이를 빨리 만나러 가고 싶었다.

"사부님……."

무진이 목인을 붙잡고 늘어진다.

목인이 몸을 숙여 애제자와 눈높이를 맞추고는 말했다.

"가고 싶으냐?"

"네."

"허허, 조금만 참아라. 아무리 그래도 도착하자마자 바로 자리를 뜰 수는 없지 않느냐."

목인이 달래자 무진이 시무룩한 얼굴로 고개를 숙인다.

아이의 머리 위로 각 문파 장문인과 장로 들의 시선이 내리꽂히고 그들에게서 흘러내린 검은 그림자가 몇 겹이나 겹쳐져 밤의 어둠처럼 새카만 그늘이 무진을 덮는다.

"쯧, 쯧."

뒤에서 지켜보던 홍개가 혀를 차며 슬며시 몸을 낮추고 무진에게 다가간다.

무림맹 총회에 맞춰 자기 가문, 문파에서 무림학관에 들어간 수련생들을 만나는 자리가 따로 마련되기야 하겠지만, 벌써 다녀온 이들도 없지는 않을 터.

쿡, 쿡!

무진의 옆구리를 찌른 홍개가 한쪽 눈을 찡긋거리며 속삭였다.

"우리끼리 갈까?"

얼굴이 환해진 무진이 크게 고개를 끄덕이다 말고 제 사부를 올려다본다.

홍개로서는 무림맹 내성 안으로 혼자 들어가려다 같이 걸음을 옮기려는 참이니, 무진이 빠지면 티가 확 나리라.

그때 목영이 스윽, 무진의 앞을 가리며 사형인 목인 옆에 서서 자리를 채운다.

그리고는 한 손을 등 뒤로 하여 손짓했다.

저거, 어서 데리고 가란 소리 맞겠지?

옛날 생각하면 그토록 퉁명스럽고 냉랭했던 목영의 어느 구석에 저렇게 상냥한 마음이 숨어 있었는지 상상도 안 된다.

홍개가 씨익 웃으면서 무진을 답삭 안아 들더니 제자인 마진호의 손을 잡고 걸음을 천천히 늦추며 무리에서 이탈한다.

"먼저 가도록. 난 요 녀석들에게 무림맹 구경을 시켜 주기로 했으니까."

자신을 의아한 듯 바라보는 무사들에겐 대충 말을 해 둔 뒤 홍개가 조용히 몸을 감추는데 성공한다.

모여 있던 이들이 하나같이 쟁쟁한 곳 출신이긴 해도 개방 장로인 홍개 또한 처지진 않았다.

하지만 오랜만에 등장한 소림 방장 목인으로 인해 상대적으로 빛이 가려 관심에서 소외될 수밖에 없었기에 가능한 일이다.

"사, 사부님, 이래도 돼요?"

마진호가 걱정이 되는지 눈동자를 요리조리 굴리며 소맷자락을 잡아당기자, 홍개가 별거 아니라는 듯 고개를 끄덕인다.

"어차피 한참 동안은 우리가 없어진 것도 모를 게다. 그 사이에 유청이나 보고 오자꾸나."

마진호의 음침하게 처져 있는 두 눈이 살랑살랑거린다.

녀석, 좋으면서.

홍개는 뭔가에 얽매이는 걸 싫어하던 청운자가 늦게 받은 제자에 홀딱 빠져 무당 산문을 벗어나지 않는 마음이 아주 조금은 이해가 될……

"호, 혼나도 사부님이 혼나시는 거니까, 저, 저는 몰라요."

그래, 이해가 될 뻔했다, 욘석아. 코딱지만큼이나마.

홍개가 입맛을 다시며 품에 안고 있는 무진의 똘망한 눈망울을 들여다 본다.

니 사부는 무슨 복이 그리 많아 이런 순둥이를 제자로 들였을까?

게다가 무공에 대한 자질 또한 얼마나 대단한지.

다른 문파 장문인이나 장로 들도 유심히 살폈다면 무진의 근골이 다시 보기 힘든 무재라는 걸 알 수 있었을 텐데…… 침 좀 질질 흘린 게 큰 충격이었는지 알아차리는 이가 안 보였다.

아니면 애써 무시한 걸지도.

무진을 꼼꼼히 뜯어보던 홍개는 갑자기 옷자락에 묵직한 게 매달리는 걸 느꼈다.

고개를 돌려 아래를 내려다 보니 진호가 작은 눈동자를 동그랗게 뜨고 있다. 아무래도 제 사부가 무진이를 더 예뻐하는 거 같으니 자기도 봐 달란 말은 차마 못 하고 옷자락을 잡은 손에 힘이 잔뜩 들어간 모양이다.

홍개가 무진을 안은 손 말고 비어 있는 다른 손을 뻗어 진호를 끌어안았다.

이래서 사부가 되면 늙나 보다.

"열 살이나 돼서는 어리광은."

양팔이 묵직해진다.

잘난 녀석이나 못난 녀석이나 어차피 무거운 건 마찬가지.

그래도 솔직히 말하자면 자신의 제자인 진호가 무진이보단 좀 더 가볍게 느껴졌다.

그래서 아주 오래, 진호 이 녀석이 다 자라 사부의 팔에 의지하기보단 제 다리로 걷길 원할 때까지는 이렇게 안아 줄 수 있을 것 같았다.

"유청이 녀석이 학관을 얼마나 난장판으로 만들어 놨는지 어디 한번 구경해 볼까?"

홍개가 두리번거리며 무림학관으로 통하는 길을 찾았다.

"어서 오십시오!"

귀한 손님을 맞으면 맨발로 달려 나와 맞이했다는 얘기가 있기는 하다.

하지만 정말 맨발로 뛰어나올 만큼 얼굴이 두꺼운 놈은 처음 봤다.

홍개는 겨우 찾은 무림학관 입구로 들어서며 자신의 용건을 설명했는데, 얼마 안 있어 무림학관 부학장이라는 직위와는 전혀 어울리지 않아 보이는 사내 한 명이 헐레벌떡 뛰어오는 거다.

무림맹이 아니라 밖에서 만났으면 무슨 사생결단할 적을 향해 달려오는 거라 여겼을 정도로 콧김을 쌕쌕 내뿜으며, 그것도 맨발로.

"크흠."

홍개가 헛기침을 하며 반쯤 몸을 돌려 숨겼던 아이들을 바로 한 뒤 바닥에 내려 주었다.

"이 어린 분들은…… 혹시 새로 수련생으로 보내실?"

"아, 아니네. 한 아이는 내 제자고, 다른 한 아이는 소림 의 문하인데, 잠시 친구를 만나러 온 거지."

홍개의 말에 철두가 눈을 반짝인다.

강호에 이름이 높지만 떠돌아다니길 좋아해 제자는 받지 않는다는 철칙이 있다던 홍개가 언제 제자를 받았을까.

소림 문하라곤 하지만 파르스름하게 민 동글동글한 머리 통이 귀엽기만 한 무진은 철두의 눈에 들어오지 않았다.

"훌륭하신 스승님을 두었네."

철두가 마진호에게 관심을 쏟자 마진호가 움찔움찔 몸을 굳힌다.

"수련생을 만나려면 어찌해야 하지? 대기실에서 기다려 야 하나?"

홍개가 과도한 철두의 관심을 걷어 주기 위해 새로운 화 제를 던졌다.

"다른 때는 그렇지만 지금은 무림맹 총회 기간인지라, 학관 내로 가서 수련생을 바로 만나실 수 있습니다."

"그렇군."

진유청을 깜짝 놀라게 할 수 있겠다 싶어 홍개가 만족한 얼굴로 고개를 끄덕인다.

"개방분이시니…… 하방의 소기 수련생을 찾아오셨겠군 요."

자기 문파 제자이니 한번 들러 볼 요량이야 있지만, 지금

당장은 아니다. 그러나 거기까지 설명할 필요야 있겠나.

"뭐, 그렇다고 할 수 있지."

홍개의 말이 끝나기가 무섭게 철두가 앞으로 나섰다.

"제가 직접 안내하겠습니다."

"됐네. 내가 알아서 하겠네."

홍개가 사양했지만 철두는 끈질겼다.

"길 찾기가 힘드실 텐데……. 무림학관은 무림맹의 앞날을 책임질 동량들을 길러 내는 곳으로서 그 규모가 꽤 큽니다."

철두는 홍개의 대답도 기다리지 않고 길 안내를 시작했다.

어떻게든 좋은 인상을 주기 위한 과도한 친절은 남을 불편하게 할 뿐이지만 스스로 인식하지 못하니 어쩔 수 없다.

"끄응. 그럼 부탁해 볼까."

웃는 얼굴에 침 뱉기는 아무리 홍개라도 쉽지 않았는지 일단 허락한다.

소기를 만난 후, 유청이를 찾아가면 되겠지.

홍개가 양손에 아이들의 손을 꼭 쥐고는 철두의 뒤를 쫓았다.

호선이 오줌 뉘는 것까지 세세히 챙겼던 청운자에게 '저게 저럴 줄은 몰랐네', '다 늙어 유모 노릇을 하네' 하고 별별 소리를 다 했던 홍개지만, 그의 뒷모습은 청운자와 그리 다르지 않아 보였다.

　진유청이 휙 고개를 돌려 뒤를 바라본다.
　샥!
　희끄무레한 것들이 양옆으로 튀어 나가며 사라진다.
　고개를 갸웃거리던 진유청이 다시 앞을 바라보는 척하다가 스윽!
　샤샥, 샥!
　원래 자리로 돌아오려던 희끄무레한 것들이 다시 사방으로 튀어 나가는데, 아무래도 누구 하나가 발을 잘못 딛은 모양이다.
　"으악!"
　비명 소리가 들리고, 한 녀석이 바닥에 나동그라진다.
　"그러게 왜들 그러니, 응?"
　진유청이 혀를 차자 자빠진 녀석이 벌떡 일어나 아무렇지도 않은 척 반대편으로 걸어간다.
　그럴 거면 발이나 절뚝이지 말지. 허리만 꼿꼿이 세우면 뭐할꼬.
　진유청은 남궁혁 습격 사건 이후 상방 수련생들이 자신을 보는 눈이 완전히 달라진 걸 깨달았다.
　물론 그중 반은 예전보다 더 심하게 미움을 담고 있지만, 다른 반은 마치…….

"왜 자꾸 하남의 우리 애들처럼 날 보지?"

초롱초롱하게. 뭔가 바라는 것처럼.

저들의 저런 눈빛도 곤란하지만, 그보다 더한 건 하방 수련생들의 행동이다.

남궁혁과 관련된 일로 인해 부학장 철두와 동행하여 몇 번 하방에 드나드는 동안 만났던 녀석들이 하나같이 적개심을 갖고 진유청에게 시비를 걸어왔다.

무엇보다 한수가 그렇게도 진유청과 인연을 맺어 주려 했던 사도진이 완전히 안면을 달리하여 진유청을 모른 척하기까지 하는 거다.

어차피 진유청 본인도 사도진과 마음을 터놓을 정도로 깊은 사이는 아니라 생각했기에 상처받거나 크게 신경이 쓰이진 않았다.

다만…….

"하여간 애들 변덕은 못 말린다니까."

애늙은이인 척하면서 정작 중요한 순간에 하는 짓은 영락없는 열 살 꼬맹이 같은 학관 수련생들에게 기가 찼을 뿐.

진유청이 더 이상 자신을 졸졸 따라다니는 꼬맹이들에게 관심을 두지 않고 제 갈 길로 갔다.

자신의 물고기들을 낚았듯 밑밥이라도 던져 볼까 하는 생각이 아예 떠오르지 않은 건 아니었지만……. 대충 따져 봐도 수지가 안 맞는다.

저 녀석들에겐 밑밥도 아까웠던 거다.

그러니 아서라, 됐다.

난 아무 피라미들한테나 밑밥 던지는 쉬운 남자 아니거든?

진유청이 턱 끝을 치켜들고 도도하게 눈가를 추켜올렸다.

"유청아, 왜 갑자기 하늘을 쳐다보면서 콧구멍을 벌렁거려? 어디 아파?"

옆에 있던 권오현이 의아한 듯 묻기 전까지 진유청은 스스로가 꽤 멋져 보이는 자세를 취하고 있는 줄 알았다.

"안 아프다! 쳇."

유청이 토라진 듯 고개를 휙 돌리자 권오현이 영문을 몰라 나채환에게 눈짓을 한다.

쟤 왜 저래?

나채환은 진유청과 권오현을 번갈아 가며 바라보더니 조용히 고개를 돌린다.

웃음을 참느라 나채환의 어깨가 가늘게 떨리자 권오현이 한숨을 푹 내쉬었다.

얜 또 왜 이래?

평범하기 그지없는 권오현 자신으로선 도저히 진유청이나 나채환 같은 녀석들을 이해할 수 없을 것 같았다.

터벅터벅 걸음을 옮기는 권오현의 다리에 힘이 없다.

"저것들이 또 나와 있네?"

하방 숙소에 거의 다다랐을 쯤 진유청이 인상을 구기며 툭 뱉는 말에 권오현이 고개를 들었다가 기겁한다.

"히에엑!"

권오현이 괴성을 흘리며 냉큼 진유청의 등 뒤로 숨었다.

내 찌질했던 과거와 이 한세상 편히 살아 보겠다는 현재를 모두 합쳐도 이렇게 스스로가 대단해 보이긴 처음이다.

제 잘난 맛에 사는 하방 수련생들, 과거라면 얼굴 한 번 보기도 힘들고, 눈 한 번 마주치기도 어려웠던 아이들이 떼거지로 몰려나와 자신을 구경해 주다니.

그것도 한 번이 아니라 이번이 벌써 세 번째.

너무 열렬한 환영에 진유청이 몸 둘 바를 몰라…… 했으면 참 좋았겠지만…….

진유청은 속으로 쌍욕을 내뱉던 참이다.

이런 씨버 머글 것들. 눈 안 깔아?

진짜 한번 해보자는 거야? 응?

……그렇다고 진짜 덤비면 좀 곤란하긴 하겠지만, 만약 그렇게 된다면 진유청은 주저 없이 제 배를 까고 내밀어 줄 거다.

"아직도 기가 안 죽었네?"

누군가의 목소리가 귀에 파고들자 진유청이 코웃음을

친다.

내가 왜 기가 죽어야 하는데?

진유청은 그들을 무시하고 친구들과 함께 하방 숙소 입구로 들어가려 했다.

와장창!

누가 뭘 어떻게 건드렸는지 진유청 앞으로 쓰레기들이 가득 담긴 통이 쏟아졌다.

진유청이 재빨리 물러남과 동시에 나채환이 그의 뒷덜미를 잡아채어 끌어당겼기에 오물을 뒤집어쓰진 않았으나, 하방 수련생들의 장난질이 점점 더 고약해짐에 기분이 좋을 리 없다.

"진가장이라, 그게 어디 있는 거지? 누가 그런 가문에 대해 들어라도 본 적 있어?"

"진가장? 우리 화산파의 속가 중에서도 진가장이 열 개는 넘을 거 같은데, 그걸 어찌 알아."

화산파 제자인 정한수가 진유청과 친했기에 하방에서 은근히 눈치를 받았던 맹진경의 입이 가장 열심히 움직인다.

진유청은 정한수를 봐서라도 맹진경의 이름은 올리지 않으려 했던 마음을 접었다.

매일 밤, 마음에 안 드는 놈의 이름을 적기 시작한 지 얼마 되지도 않았는데, 벌써 종이가 몇 장 쌓여 있다.

잘하면 학관에서 나갈 즈음 되면 이름으로 책 한 권이 만들어질 수도 있겠다 싶을 정도다.

나중에 이현 형님한테 다 일러 주겠어, 정도는 그나마 아주 순화된 표현.

이름이 적힌 녀석들의 사돈에 팔촌까진 아니더라도, 부모와 위아래 형제 정도는 가뿐히 물고 들어갈 수 있을 만큼 앙금이 쌓여 있었다.

상황을 이렇게 최악으로 몰고 간 건 바로 철두였는데, 그는 끈질기게 진유청과 남궁혁을 대면시켰다.

아마 그러다 질려 진유청이 자백이라도 하길 바랐던지, 아니면 하방 수련생들 틈바구니에서 들들 볶이다 학관을 그만두길 워하는 것 같았다.

등 뒤에서 이를 드러내는 나채환에게 가만있으라고 주의를 준 진유청이 스스럼없이 바닥에 나뒹구는 오물 속에 발자국을 찍는다.

어차피 이 발은 하방 숙소 안을 돌아다닐 발.

난 다만 오물을 옮기는 역할을 할 뿐, 더럽혀지는 건 결국 너희들의 마음이다.

진유청은 특별히 더 더러운 것들을 꾹꾹 눌러 밟았다.

“이쪽이 하방 숙소입니다.”

철두가 안내하는 대로 따라가는 홍개의 얼굴엔 놀라움이 어려 있다.

"개방 총타보다 더 좋아 보이는군."

거지 소굴보다 나은 거야 당연한 거겠지만, 홍개가 말하는 의도는 그런 게 아니었다.

어린 수련생들이 제 집도 아니고, 다른 수련생들과 함께 생활하며 수련에 매진해야 하는데, 이런 호화로운 숙소에서 편히 쉬는 게 말이 되나 싶었던 거다.

물론 상, 중, 하로 나뉜 무림학관 숙소 배정에 대해서도 모르는 바는 아니었으니 홍개의 얼굴에 불쾌한 감정이 실리는 건 당연했다.

한데…….

"저기 대장이다!"

마진호의 목소리가 들린다.

홍개가 마진호가 바라보고 있는 곳으로 시선을 주니 과연 부학장이 하방 숙소의 입구라 일러 준 곳에 유청이가 서 있었다.

"소기 수련생이 대장인가 보오. 하긴 능히 그럴 만한 재능을 가진 수련생이지."

개방 문하인 마진호가 대장이라 하니, 오해한 철두가 웃으며 하는 말에 마진호가 고개를 갸웃거린다.

그런 이름을 듣기는 들었는데 기억이 안 나는 거다.

"그게 누군데요?"

마진호가 되묻자 철두가 아연실색했다.

홍개의 유일한 제자라는 아이가 개방 문하인 소기를 몰라?

그러면서 저쪽에선 잘 보이지도 않는 여기서 손은 왜 미친 듯이 흔드는 건데?

"거지 할아버지, 이상해요."

철두가 당황하고 있을 때, 무진은 콧잔등에 잔뜩 주름을 잡으며 인상을 쓰며 홍개에게 말하고 있었다.

"그러게. 내가 봐도 참 말도 안되는 일이 눈앞에서 펼쳐지고 있구나."

홍개의 낯빛도 그리 좋지 않다.

"저러다 큰일 나는 거 아녜요?"

유청이 성질 무지무지 더러운데.

나중에 뒷감당을 어떻게 하려고 쟤네는 저렇게 배짱이 두둑하지? 대단하다.

이번에도 철두는 무진의 말을 다르게 받아들였다.

"큰일이야 벌써 났지. 그냥 하방 수련생도 아닌 남궁세가의 삼공자가 크게 다쳤으니까. 그건 상방 수련생 하나 어떻게 되는 거랑은 차원이 다른 얘기라네."

진유청을 발견하자마자 '앗, 뜨거!' 눈을 휘둥그레 떴던 철두가 투덜거린다.

저 녀석 얼굴을 본 날은 뭐 하나 제대로 풀리는 게 없었으니, 혹시나 싶은 거다.

왜 하필 개방의 노고수를 모시고 온 자리에 저 녀석이 있는 건지.

"그건 또 무슨 소린가."

홍개가 관심을 보이자 철두가 그간 있었던 일에 대해 설명했다. 아직도 남궁혁을 습격한 범인은 잡히지 않았다는 것까지.

"그런 일이 있었는 데도 무림맹에선 가만있나?"

"남궁 공자가 가문에 걱정을 끼치지 않고 싶다고 만류한 데다, 아직 조사 중이라서 말입니다."

홍개가 제 눈으로 직접 이 상황을 목격하지 않았으면 철두도 굳이 먼저 얘기하진 않았을 거다.

"그렇군."

마땅찮은 얼굴로 하방 수련생들을 훑어보던 홍개가 대답한다.

그때였다.

소란스러운 하방 입구에서 꽤나 날카로운 여자아이 목소리가 울려 퍼진다.

"더러워라. 너 때문에 이렇게 됐으니 갈 때도 네가 치우도록 해."

웬 여자아이 하나가 양손으로 허리를 짚고 진유청을 향해 눈초리를 치뜬다.

"말려야겠군. 진짜 일 치르겠다."

홍개가 나서자 철두가 머리를 벅벅 긁는다.

"하가장의 여식들인데……. 하도연이라면 모를까, 하미연은 제 언니처럼 무공이 강하지 않아 별일없을 겁니다."

철두의 말에 홍개가 얼굴을 구긴다.

"아까부터 자꾸 무슨 소릴 하는 게야! 내가 걱정하는 건 유청이가 아니라 저 여자아이라고!"

철두가 멍한 표정으로 귀를 후벼 판다.

자신이 잘못 들은 게 분명했다.

"에잉!"

홍개가 못마땅한 듯 신음을 흘리며 앞으로 쏘아져 나갔다.

진유청은 자신 앞에서 쨍쨍거리는 여자애를 물끄러미 바라본다.

이젠 별 게 다 와서 시비네.

진유청의 눈이 가늘어졌다.

이러다 몸에서 부처님 사리 나오는 거 아닐까?

우화등선도 할 뻔했던 전적도 있으니, 충분히 가능해 보인다.

진유청이 삐딱하게 고개를 옆으로 기울인 채 하미연을 직시했다.

하미연은 새카만 검은 눈동자가 자신을 뚫어져라 바라보

자 속이 뜨끔했다.

"뭘 봐? 남궁 공자님이 너 때문에 저리됐으니, 이 정도는 당연한 거야."

하미연이 억지를 부린다.

진유청은 자신이 이런 상황에서도 참아야 하는지, 그리고 참지 않으면 어떻게 해야 하는지 순간 머릿속이 복잡했다.

자신이 저들에게 덤벼들면 일이 어떻게 될까?

물론 이기긴 어려울 거다. 흠씬 두들겨 맞을지도.

무공에 제대로 관심을 둔 적이 없는 자신과 어린 나이에도 무공을 제 업으로 삼고 익힌 녀석들은 분명 차이가 있을 테니까.

무림맹 주요 인사들의 자제들과 시비가 일었으니 진가장에 문제가 생길지도 모르지.

전후 상황을 모두 살펴보고 함부로 움직이지 않는 건 죽었다 다시 태어난 진유청의 어른스러움이지만, 그럼에도 불구하고 저 버르장머리 없는 것들의 궁둥짝에 불이 나도록 두들겨 패고 싶은 열 살 진유청의 울컥하는 마음도 어차피 자신의 것이다.

그래, 그랬다.

다르지 않아.

자신이 알고 있는 앞으로 다가올 많은 일들이 과거 경험으로 인해 한 번 겪었던 일들인 건 분명하지만, 그것을 받아들이고 움직여 나가는 자신은 열 살 진유청.

자신으로 인해 변화된 많은 것들이 새로운 흐름을 만들고, 그렇게 이어져 나가는 건 자연스러운 이치다.

두려워하고, 무서워할 게 아니었다.

물론 앞날이 달라질까 걱정하고 노심초사하였던 게 모두 쓸데없다곤 할 수 없겠지만, 이만큼 시간이 흘러 과거와는 다른 인연과 감정이 맺어졌다면, 이젠 그냥 두어도 되리라.

알아서 순리대로 흘러가리라.

진유청 자신이 원하던, 원치 않던.

자신이 다시 태어나 아버지와 이현 형님을 알아본 그 순간부터 세상은 달라졌고, 자신은 손에 쥐어졌던 운명을 새로운 세상에 던졌다.

진유청은 지금까지 알게 모르게 자신을 압박하고 있던 위화감이 씻은 듯 사라지는 걸 느꼈다.

자신의 말 한마디, 행동 하나가…… 다가올 날들을 어떻게 변화시킬지 걱정하고, 다른 이의 운명을 알기에 가질 수밖에 없었던 마음의 짐을 내려놓는다.

진유청이 고개를 숙이고 어깨를 부르르 떤다.

하미연은 진유청이 울음이라도 터트린 줄 알고 의기양양하게 턱 끝을 치켜들고 눈을 내리깔았다.

하나…….

"우헤헤헤, 우헤헤헤헤헤헤!"

갑자기 터져 나오는 웃음소리.

하미연의 안색이 하얗게 질린다.

"푸헤헤헤! 아아, 그랬구나!"

진유청이 아예 바닥을 데굴데굴 구르며 좋아한다.

아, 신나. 아, 자유로워!

오늘 싼 똥이 내년에 내 밥상의 야채로 올라오는 과정을 생생히 보는 거 같았던 찝찝함이 사라지니 기쁘지 않을 수가 없다.

진유청의 행동이 이상하자, 하방 수련생들이 당혹스러워한다.

저런 놈은 본 적이 없다!

자신들이 아무리 쿡쿡 찌르며 괴롭혀도 저가 내키지 않으면 무시하기 일쑤고, 오물엔 스스럼없이 발을 담그며…….

이젠 그 오물 위에서 데굴데굴 구르며 웃어?

"저거 미친 거 아냐?"

맹진경이 울상을 짓는다.

"그럴 리가."

가장 뒤에서 지켜보고만 있던 소기가 설마 하며 고개를 젓는다.

가뜩이나 기겁을 하고 있던 하방 수련생들을 더욱 놀라

게 할 일이 곧이어 벌어졌다.

"유, 유청아!"

"대장!"

까까머리 어린 중 하나와 음침해 보이는 눈을 세모꼴로 치뜨고 달려오는 아이 하나.

"저것들은 또 뭐야?"

자신들과 같은 하방 수련생은 아닌 게 확실한데…… 여기가 어디라고!

하도 웃어 힘이 들었는지 오물 위에 대자로 누운 채 숨을 쌕쌕 내쉬고 있는 진유청이 두 아이를 보고 눈을 크게 뜬다.

"어, 너희가 어떻게 같이 와?"

진유청의 인사도 뒷전이고 마진호와 무진은 유청이를 달래기에 여념이 없었다.

"대장, 죽이면 안 돼!"

내가 누굴 죽여? 애가 큰일 날 소리 하네?

"유청아, 츠읍, 츕츕…… 화, 화내지 마. 츕츕. 쟤네는 내가 나, 나중에 혼내 줄게!"

무진아, 너 손가락 빠는 거랑 침 흘리는 버릇 고친다고 하더니만…….

어째 그대로야?

놀랐는지, 아니면 유청이 앞이라 편했는지 순한 눈동자

에 눈물이 그렁그렁하여 손가락을 쭉쭉 빠는 무진이가 반갑긴 반가웠지만…….

그래도 열 살이나 됐는데, 그건 좀 심하다.

"손가락을 빨던지 말을 하던지 둘 중 하나만 해라, 응?"

진유청이 핀잔을 주지만 눈에 담뿍 담겨 있는 정까지 숨길 순 없다.

"히히."

유청이가 발작이라도 하는 거 아닌가 잔뜩 긴장했던 마음이 풀리니 무진은 마냥 방실방실 웃었다.

"저것들이 미쳤나? 너네 뭐야!"

맹진경이 외친다.

두 사람의 존재에 대해 궁금한 건 맹진경만이 아니었다.

"유청이 친구들인가?"

권오현과 나채환도 고개를 갸웃거리며 궁금해하고 있었다.

유청이는 자기 집안 얘기나 친구들 얘길 잘 하는 편이 아닌지라, 갑자기 나타난 녀석의 과거가 신기했던 거다.

권오현이 순수한 호기심을 드러낸 거라면, 나채환은 흐릿하게 미간을 찌푸린 채 무진을 보고 있다.

그리고 곧이어 느껴지는 거대한 기운에 깜짝 놀라 안색을 굳혔다.

홍개는 아이들이 먼저 유청이를 향해 튀어 나가자 한 걸음 천천히 하방 숙소로 다가갔다.

유청이를 보고 천둥벌거숭이니, 되바라졌다느니 별의별 소리를 다 했는데…….

"저것들에 비하면……."

홍개가 한숨을 푹푹 내쉰다.

무림맹의 앞날을 책임질 인재라는 것들이 어째 저 모양이냐.

비록 어린아이지만 저 아이들이 저렇게 행동할 수 있는 밑바탕에 깔려 있는 오만을 보고 나니, 자신의 잘못도 보인다.

유청이를 처음 만났을 때, 청운자와 자신의 행동이 저놈들과 무어 그리 다를꼬.

홍개는 그때 유청이의 행동이 과하지 않았다는 걸, 유청이가 자신들에게 빼앗지 않고 오히려 베풀었다는 걸 확연히 느낀다.

쪽팔리다.

그나마 쪽팔린 거라도 알아서 다행이라면 다행인가.

"내가 늙어서 노망이 든 게지."

그게 언제 적 일인데 이제야 깨닫다니.

홍개가 휘휘 주변을 둘러보며 누군가를 찾는다.

저 하방 수련생들 무리 속에 우리 개방의 아이는 없겠지?

암, 없을 거다.

설마 그렇게 똑똑하단 아이가 저런 무리들과 뒤섞여 마음을 더럽혔을라고.

홍개의 시선이 아이들을 훑자 아직도 영문을 모른 채 그의 뒤를 쫓던 철두가 친절하게 입을 열었다.

"개방의 소기 수련생을 찾으십니까?"

"어험."

없다고 확인해 주려나? 내심 홍개가 기대하는데…….

"저기 있습니다. 참으로 늠름해 보이지요?"

홍개가 눈을 부릅뜨고 목을 길게 늘여 뺐다.

아악! 이런 제기랄!

눈앞이 캄캄했다.

개방의 인재란 놈이 저 모양 저 꼴이니 개방의 앞날이 어두운 건 둘째치고, 저놈 때문에 유정이 녀석에게 꼬투리를 잡혀 들들 볶이다 못해 가져온 거 다 털리고, 앞으로도 두고두고 이 일을 우려먹으며 자신을 구박할 게 눈에 선했다.

"……망했다……."

그냥 오지 말 걸 그랬나.

홍개의 얼굴이 완전히 일그러졌다.

하방 수련생들은 급변하는 상황에 적응이 어려웠다.

갑자기 어린아이 둘이 툭 튀어나오더니, 이번엔 개방의

노고수와 같은 풍모를 지닌 이가 철두의 안내를 받으며 다가오지 않나.

가장 놀란 이는 바로 소기였다.

개방에선 무림학관에 신경도 쓰지 않고, 무림맹 총회에도 참석하지 않는다 알고 있는데, 방의 어르신께서 오시다니.

혹시?

"나를 보러 오신 게로군."

소기가 평소 침착한 성격과는 달리 동요한다.

마침 홍개의 눈동자가 소기 자신과 맞부딪치자 소기가 얼른 달려 나가 홍개의 앞에 섰다.

"휴우……."

홍개는 유청이와 다른 아이들 뒤편에 선 자신을 향해 뛰어오는 소기가 오물을 뒤집어쓴 유청이를 우회하며 흐릿하게 눈살을 찌푸리는 모습을 똑똑히 봤다.

그 어린 눈동자에 스며들어 있는 경멸이라니…….

경멸이라니!

홍개의 얼굴이 노기로 붉으락푸르락해진다.

소기는 홍개 앞에 서자마자 정중히 인사를 했다.

"오신다는 연락을 받지 못하여 마중도 나가지 못했습니다."

"너는 내가 누군지 아느냐?"

“모릅니다. 하나, 자파의 어르신이라면 어떤 분이시더라도 존중하고 따름이 제자 된 도리 아니겠습니까.”

방주에게 들은 대로 똑똑했다.

자신의 제자였던 정교를 데려가며 방주는 이 녀석이 학관에서 개방으로 돌아오면 정교의 사제로 만들어 주리라는 뜻을 은연중 비쳤다.

“절대 안 될 말이지.”

다른 문파라면 모를까, 개방의 후개가 될 녀석이라면 똑똑하고 무공 잘하는 것만으론 안 된다.

그런 면에서 보면…….

“유청이가 정말 딱인데.”

제 것은 절대 빼앗기지 않으면서, 남의 건 잘도 주워 먹는 건, 바로 거지 근성!

밥 잘 먹고 탈 안 나는 건 거지의 특권!

뻔뻔하고 두꺼운 얼굴 가죽까지 떠올리면…….

두말할 것도 없다. 너야말로 거지의 기본, 개방의 인재!

개방 방주가 되기 위해 태어났다 해도 과언이 아니건만……. 새삼 아쉬워진다.

물론 홍개 자신과 똑같은 생각을 이미 목영도, 청운자도 했었고, 결국 유청이를 설득하는 데 실패했다는 건 알지만 말이다.

처음 봤을 때부터 청운자와 홍개를 잡아끈 유청이의 선

기는 일 년이 지나도 희미해지지 않고 선명해졌고, 지금은 멀리서도 은은한 향을 맡을 수 있을 정도다.

화산의 매화검이 정도에 이르러 깨달음을 얻으면 진한 매화 향기가 풍긴다고 했던가.

그렇게 치면 유청이의 선기는 이미 경지를 넘어 한 마리 학처럼 하늘을 노니는 듯하다.

저 청량한 바람이라니…….

그저 보기만 해도 눈이 시원해지는 걸 이 아이들은 어째서 모를까.

어려서라고 하기엔……. 하남성 아이들은 이들보다 더 어릴 때부터 유청이를 따르며 좋아했고, 지금도 봐라.

홍개의 눈이 나채환과 권오현을 힐끔거린다.

여기 오면서부터 은연중 눈길이 가던 두 아이.

유청이가 말리는 손짓에 뛰어들진 않았으나, 유청이가 곤경에 처하자 몸을 부들부들 떨며 걱정했다.

도(道)란, 차라리 모르는 놈들이 깨달을 수 있지, 아는 척하는 놈들은 죽어도 모르는 거다.

유청이를 보는 순간 호의를 가졌다면 둘 중 하나다.

선기를 알아볼 수 있는 깨끗한 마음을 가졌던지, 아니면…….

"저 지랄 맞은 성격을 좋아하는 이상한 놈."

소기는 자신을 앞에 두고 구시렁구시렁 혼잣말을 하는

자파의 어르신이 영 미심쩍었으나 철두까지 동행하고 온 참이니 신분은 확실할 터.

바른 자세로 가만히 서서 자신에게 말 걸어 주길 기다린다.

홍개가 그런 소기를 일별하더니, 그를 무시한 채 유청이에게 걸어갔다.

"유청이, 이 녀석아! 사고 좀 치지 마라, 응?"

"제가 무슨 사고를 쳐요!"

개방의 노고수가 소기를 무시하고 진유청과 친숙한 듯 농담을 주고받는 상황에 하방 수련생들이 경악한다.

그렇다고 그들의 놀람이 소기만 하겠냐만은.

소기가 고개를 번쩍 들고 진유청을 향해 시선을 돌렸다.

그의 눈에 보인 것은…….

소기 자신은 더럽다 피한 진유청을 더없이 따스한 눈빛으로 바라보며 스스럼없이 양 손을 뻗는 홍개였다!

"일어나라, 욘석아. 네가 이러고 있단 걸 네 아버지와 이현이가 봤으면……."

홍개가 등줄기에 소름이 오톨도톨 돋아나는 걸 느낀다.

정말 알면 어쩌지?

팔불출 아비에 잘난 형을 둔 데다, 동심회의 중심이라고도 할 수 있는 요 작은 악마가……. 고자질이라도 한다면?

무당의 제자도, 소림의 제자도 없는데, 개방의 제자만 혼자 못난 놈들과 뒤섞여 유청이를 들들 볶았다면?

쉿!

바람 소리가 들릴 만큼 거칠게 고개를 돌린 홍개가 소기를 노려봤다.

"너, 나중에 보자."

소기의 얼굴이 딱딱하게 굳었다.

第四章

반가움

"근데 무진아."
"응응, 왜?"
눈을 초롱초롱 빛내며 유정이의 부름에 답하는 부진의
얼굴이 달덩이처럼 환하다.
아, 눈부실라 그래.
"너 어디서 깨달음 같은 거라도 얻었냐?"
'너 장에 가서 생선 사 왔냐? 몸에서 비린내가 나.' 라고
하는 것 같은 평범한 어조로 물어보는데, 내용은 범상치가
않다.
"깨달음?"
진유청의 물음에 무진이 고개를 갸웃거린다.

"그런 것도 아닌데, 왜 머리 뒤에서 후광이 비치냐. 요 상하잖아."

깨달음이 아니면 잡귀라도 붙은 건가?

진유청이 무진의 어깨 너머로 등 뒤를 힐끔거리지만 아무것도 느껴지는 게 없다.

뭐지?

의아해하던 진유청은 자신을 보고 배시시 웃는 무진의 반들반들한 머리통을 보고 피식 웃는다.

찰싹, 찰싹!

진유청이 손바닥으로 가볍게 무진의 머리통을 때리며 말했다.

"요거 때문인가 보다."

"히이, 그런가?"

두 아이들이 서로 마주 보고 키득댄다.

옆에 사람은 하나도 안 웃기고, 도통 무슨 소린지도 모르겠는데, 두 녀석은 아주 좋아 죽는다.

다만 홍개는 조금 생각이 미치는 구석이 있었다.

불가의 무공을 익히는 무진이 조금씩 저한테 맞는 그릇을 만들어 가고 있는 게 아닐까 하는.

자신들은 아직 알아볼 수 없지만 선기를 타고 태어난 유청이의 눈에는 그게 보이는 걸지도 모른다.

"대장, 나, 나도 있어……."

마진호가 소심하게 얼굴을 들이민다.

"그래, 우리 음침한 진호!"

진유청이 마진호의 등을 팡팡 내리치며 반긴다.

"거지 할아버지가 잘해 줘?"

진유청의 물음에 마진호가 잠시 뜸을 들인다.

저, 저 녀석이!

홍개가 배신감에 눈을 부라린다.

내 딴에는 그래도 제자랍시고 주먹밥 하나도 갈라 먹고, 이 앙상한 팔이 덜덜 떨리는데도 가볍다 생각하며 안아 주고 업어 주었건만!

"……잘 해 주셔. 아주, 아주 많이."

마진호가 홍개의 눈에서 번뜩이는 빛을 읽고 다급히 진유청에게 대답했으나 이미 늦었다.

홍개가 눈가를 씰룩이며 앞으로 무공 수련 강도를 두 배로 늘려야겠다고 다짐하고 있었기 때문이다.

"아……. 할 일이 있었는데 까먹고 있었네."

진유청이 하방 수련생들을 바라보며 들으라는 듯 말한다.

"하, 할 일?"

무진을 비롯하여 유청이 몰래 진호의 머리를 쥐어박던 홍개까지 깜짝 놀란다.

"범죄는 안 돼, 유청아. 아직 열 살밖에 안됐는데……."

얘가 뭔 소릴 하는 거야?

진유청이 콧잔등을 찡그리며 무진에게 물었다.

"무진이 너, 아까부터 누굴 죽이지 말라는 둥, 이젠 범죄를 저지르지 말라는 둥……."

어디 아프냐? 흰소리를 다 하고.

"쟤네들 혼내 주러 가는 거 아냐?"

진유청의 말에 오히려 무진이 이해가 안 된다는 듯 되묻는다.

진유청이 무진이 가리키는 손가락을 쭉 따라가 봤더니 저편에는…….

뻐억!

머리를 뒤로 젖힌 진유청이 조금의 주저함도 없이 무진의 이마에 그대로 갖다 박았다.

"왜, 왜 그래!"

무진이 빽 소릴 지르자 진유청이 검지를 펼친 뒤 좌우로 흔들며 입을 연다.

"쟤네가 누군지 알아?"

무진이 고개를 도리도리 젓는다.

"그럼 내가 무공이 엄청 세?"

마찬가지로 무진이 고개를 젓자, 진유청이 주먹을 쥐었다가 무진이 움찔하자 강도를 약하게 하여 머리를 콩 하고 때렸다.

무진이 머리를 두 손으로 부여잡고 울상을 짓자 진유청

이 눈을 가늘게 뜬다.

"엄살은."

억울한 듯 우어우어 입을 웅얼거리지만 결국 무진이 머리에서 손을 내리고는 입을 삐죽거렸다.

한편 홍개는 진유청의 말을 들으며 '아아, 그랬지' 하고 생각한다.

유청이는 무공도 열심히 익히지 않았고, 학문이 뛰어난 아이도 아니었다.

잔머리와 배짱 하나는 끝내줬지만 말이다.

그런데 왜 홍개 자신은 유청이 녀석보다 하방 수련생들의 안위를 걱정했을까?

……자신도 모르겠다.

그리고 그 사실에 대해 깨달은 지금도 유청이보다는 유청이에게 찍힌 하방 수련생늘이 더 걱정된다.

물론 그 이유엔 하방 수련생들 중 개방의 제자인 소기가 포함된 탓이 컸지만, 그렇다고 그게 다는 아니다.

하방 수련생들이 아무리 쟁쟁한 가문에, 스스로 뛰어난 재능이 있다고 해도, 홍개 자신도 청운자 그 녀석도 누구 못지않았지만 결국 유청이에게 휘둘릴 대로 휘둘리고, 그게 지금까지 이어지고 있지 않나.

홍개는 괜히 무림맹에 와서 머리 아픈 일에 끼게 됐구나 싶었다.

"그래, 할 일이 무엇이더냐."

여기 서서 하방 수련생들이 입을 쩍 벌리고 있는 꼴을 계속 보느니 유청이 숙소로 가는 게 나을 듯해 홍개가 묻는다.

"남궁혁 병문안이요."

"남궁 공자와 친해졌어?"

허 참, 재주도 좋지. 언제 또 남궁세가의 삼공자와…….

"그건 아니고…… 남궁 공자가 습격당했단 얘긴 들으셨어요?"

홍개가 힐끔, 철두를 바라본 뒤 대답한다.

"들었다. 범인이 아직 잡히지 않았다던데?"

유청이 이 녀석이 친하지도 않은 녀석의 병문안을 갈 만큼 다정다감한 성격은 아닌데…….

"네. 그 범인이 바로 저래요."

"누구?"

자기가 잘못 들었나 싶어 홍개가 미간을 찡그린다.

"저요."

진유청의 손가락이 제 가슴을 똑바로 가리킨다.

"허허, 또 이 늙은 거지를 놀려 먹으려고……."

이 작은 악마가 무슨 장난질을 치려는 거…… 잠깐.

아까 하가장의 여식이라는 아이가 분명 남궁혁 얘기를 했었지?

"이게 어찌 된 일이오, 부학장."

홍개가 얼굴을 굳히며 심각한 어조로 철두를 부른다.

"그게……."

철두가 곤혹스러워한다.

개방 노고수 홍개가 개방 제자 소기보다 상방 수련생인 진유청에게 더 관심을 쏟는 데다, 크게 호의를 갖고 있음이 분명해 보였기 때문이다.

"유청이를 범인으로 지목했다면, 뭔가 이유가 있으니 그랬을 게 아닌가!"

"증인과 증거가 있었습니다."

철두의 대답에 홍개가 진유청에게 고개를 돌린다.

진짜 니가 했어?

진유청이 손사래를 쳤다.

제가 안 했어요. 만약 제가 진짜 할 거였으면 뒤처리 확실하게 하고, 제대로 하지 이렇게 지저분하게 했겠어요?

결백함을 마구마구 뿜어내는 유청이의 눈동자에 홍개가 고개를 끄덕였다.

"아무래도 부학장과 이야기를 좀 오래 나누어야겠군."

홍개의 말에 철두의 험상궂은 얼굴이 울 듯이 일그러진다.

모든 사건 사고에 본인이 자초한 바가 큰 진유청이 자신보다 더한 사람을 만났다.

"어쩜 저리 하는 일마다 재수가 없을까."

딴에는 좀 편하게 잘살아 보겠다고 나름대로 아둥바둥하는 거 같은데 말이다.

진유청이 철두를 보며 혀를 차면서도 뭔가 속이 뻥 뚫린 듯 개운한 느낌에 씨익, 흰 이를 드러내며 웃었다.

진유청은 남궁혁의 병문안을 뒤로 미루고, 멍하니 자신을 바라보는 하방 수련생들을 남겨 둔 채 상방 숙소로 향했다.

"거지 할아버지, 어쩌려고 그래요?"

"내가 뭘?"

"금오상단의 단리 상단주님도 절 찾아올 때 조심 또 조심하여 이목을 끌지 않으려 노력하셨는데 랄랄랄 놀러 와서 하방에 돌 한 번 퍽 던지고 가는 걸로 입 씻으시려는 건 아니겠죠?"

설마 아닐 거야.

그래도 개방 고수 할아버진데, 그렇게 생각이 없으려고?

홍개는 진유청의 눈이 하는 말을 귀로 들을 수 있었다.

"……소림의 방장님도 오셨다. 널 보고 싶어 하셨으니, 굳이 내가 나서지 않아도 주목받았을 게다."

홍개가 일단 소림 방장 목인에게 떠넘기고 자기는 한 발 뺐다.

설마 아무리 진유청이라도 소림 방장 앞에서 '당신 왜 나한테 아는 척했어?' 하지야 않겠지.

홍개의 속이 빤히 들여다보였지만 진유청은 더 이상 별말하진 않았다.

홍개야 첫인상이 극악하게 나쁜 데다 성격이 급한 편이라 내키는 대로 행동하는 경향이 크다는 걸 이미 알고 있으니 추궁한 거지만, 소림 방장님이라면야 뭐 생각하시는 바가 있으시겠지.

진유청이 무의식중에 옆을 돌아보다 마진호를 보고 깜짝 놀란다.

보통 진유청의 좌우엔 정한수와 나채환이 있었고, 정한수가 간 뒤론 권오현이 그 자리를 대신했는데…….

지금은 무진과 마진호가 찰싹 달라붙어 있어 다른 두 아이들은 어중간하게 거리를 벌린 채 슬금슬금 쫓아오는 형국이 됐다.

"그러고 보니 서로 인사도 안 했지?"

진유청이 걸음을 멈추고 몸을 돌린다.

"무진과 마진호, 내 고향 친구들. 애네들은 나채환과 권오현. 나와 같은 숙소 친구들이야."

"이 녀석아, 나는?"

홍개가 혼자 뻘쭘하게 섰다가 끝까지 자기 얘기를 안 하자 채근한다.

"이분은…… 개방의 홍개 할아버지."

근엄한 표정을 잔뜩 지은 홍개가 나채환, 권오현과 시선을 맞춘다.

"유명한 분이시지?"

권오현만이 조금 놀란다.

"알아?"

진유청의 물음에 권오현이 조금 자신 없다는 말투로 대답한다.

"어디서 들어 본 것 같아."

확실치는 않지만.

"혹시 안 유명한 분이셔? 내가 실례를 저질렀나?"

권오현이 진유청의 옷소매를 잡아당기며 작게 속삭이지만 고수인 홍개의 귀에 들리지 않을 리 없다.

"훗!"

진유청의 웃음소리가 천둥처럼 홍개의 귀를 울렸다.

"허허, 그런 일이 있었는가?"

무진의 일로 목영이 한바탕 혼이 나고, 홍개의 차례가 돌아왔지만 학관에 다녀온 뒤 워낙 낙담한 듯 보여 목인은 이유를 물었다.

그리고 들려오는 말에 나직하게 웃음을 터트린다.

그런 목인을 보며 홍개가 한숨을 내쉬었다.

“웃으실 일이 아닙니다, 방장님. 무림학관이 썩을 대로 썩었다는 건 익히 알고 있었지만……. 이건 정도가 심합니다.”

“개방의 아이 때문에 마음이 많이 상한 게로군.”

“부정하진 않겠습니다.”

홍개의 굳은 얼굴을 보는 목인의 표정이 한층 진지해진다.

“이보게나.”

“말씀하십시오.”

“이곳에서 썩은 게 무림학관뿐이던가. 아직 천진난만하고 생기 있어야 할 아이들이 그렇게 된 게 온전히 그 아이들 잘못만이겠나.”

목인은 무림학관이 바로 서려면 그 상위 기관인 무림맹이 정화돼야 한다고 얘기한다.

“하지만 좀 더 쉬운 것부터 해야 하지 않겠습니까? 맹의 노물들은 이제 와 박박 씻는다고 해서 깨끗해지기도 어려울 겁니다.”

“학관의 아이들이라고 좀 더 쉬울 것 같은가. 그 아이들은 현 무림맹의 과거와 앞날을 동시에 지탱하는 인재들이네. 그 녀석들을 건드리면 당장 무림맹 수뇌부들이 모두 들고일어나 우리를 지탄하겠지.”

“그럼 이대로 놔둬야 한단 말입니까.”

홍개가 콧김을 씩씩 뿜는다.

마음 같아선 개 잡듯 잡아 정신머리를 고쳐 주고 싶은데, 그럴 수 없다는 게 안타깝다.

"그 아이가 금오상단의 단리 상단주를 언급했다지?"

목인이 화제를 전환한다.

"네. 다른 이의 이목을 사는 걸 걱정하더군요."

목인의 눈에 이채가 드리운다.

"신통하군."

그 나이에 대세를 관장하는 흐름을 보는 눈이 어찌 그리 넓을까. 보통의 열 살이라면 주목받고 싶고, 다른 이들 앞에 나서고 싶은 욕심이 클 나이인데.

"그 녀석이 좀 그렇습니다. 신통하고, 심술맞고, 얄미운데, 미워할 순 없는……."

진유청에 관해서라면 좋은 소리는 별로 안 하고 싶은데도 얘기를 하다 보면 은근히 편을 들어주고, 칭찬하게 되는 게 아무래도 그 녀석에게 홀린 게 아닐까 싶다.

"무림맹 총회에 참석하기로 결심한 얼마 후, 단리 상단주가 나를 찾아왔다네."

"예의 그 일 때문입니까?"

홍개가 조심스레 묻는다.

개방이라 하여 무림맹의 모든 일에서 자유로울 순 없다. 무림맹이 흔들리면 개방도 타격을 입는다.

"단리 상단주의 입장이 크게 곤란하게 됐더군."

"황궁을 등에 업었다는 연이상단의 출현이 앞으로 어떤 변화를 몰고 올지 모르겠습니다."

무림맹에 선을 대려고 하는 그들을 경계하면서도 무림맹은 그들이 내건 파격적인 조건에서 쉬이 눈을 돌리지 못하고 있다.

그리고 그것은 무림맹과 관계를 맺고 있는 세 상단 중 가장 내실이 좋고 탄탄한 금오상단을 향한 욕심으로 이어져, 저들이 저만한 조건을 내걸었으니 너 또한 우리에게 성의를 보이라는 생떼로 변질됐다.

지금껏 소림과만 특별한 관계를 유지해 온 금오상단에게, 네가 우리와도 손을 잡지 않으면 우리는 너의 적이 될 만한 연이상단을 받아들이겠단 협박을 덧붙여서.

"그래서 단리 상단주는 어떤 결정을 내리기로 하였다 합니까."

홍개가 조심스레 물었다.

단리 상단주의 결정에 따라 소림이, 더 나아가 동심회에도 어떤 변화가 생기리라.

"……그는 유청이가 그의 손녀 혜아를 아주 좋아한다고 자랑을 하더군."

"켁!"

홍개가 사레가 들린 듯 컥컥댄다.

단리 상단주가 자신처럼 노망이라도 난 건 아닐 텐데……. 그 상황에서 뭐 그런 자랑질을 다 하고 그런다냐?

"단리 상단주는 자기가 소림에 세 개를 주더라도 소림이 하나만 돌려주면 만족한다네. 그건 그가 욕심이 없는 사람이라서가 아니라, 가진 게 별로 없는 소림이 그들에게 두 개를 내어 주기 위해선 무리를 해야 하고, 그건 곧 소림의 변질을 뜻하니 궁극적으론 금오상단에도 그 여파가 끼칠 거라 생각하는 사람이거든."

"대단하군요."

홍개가 순수하게 감탄한다. 진짜 노망이라도 난 건지, 바로 전에 단리 상단주의 정신 상태를 의심했던 일은 까맣게 지워 버린 뒤다.

"그는 뼛속까지 장사꾼인 사람인지라 신의가 있지만, 맺고 끊는 게 확실한데……. 이번에 심각하게 고민을 했었다 하네."

지금부터가 진짜다!

목인의 말에 홍개가 더욱 귀를 기울인다. 긴장감이 끈적하게 몸을 덮는다.

"단리 상단주는 무림맹을 비롯하여 소림은 물론, 무림 거대 문파 전체와 거래를 끊을 것을 고려했다고 했지."

그게 바로 금오상단을 살리는 길이라고도 했다.

연이상단의 출현이 위협이 됐거나, 무림 문파들이 두려

워서 물러나려는 게 아니다.

　이런 상황에선 모두를 선택해도, 하지 않아도, 혹은 어떤 선택을 해도 출혈적인 경쟁과 소모를 지속할 수밖에 없는데, 그건 결국 금오상단의 재정 상태를 나빠지게 하고, 무림 문파 사이에 찢겨 먹힐 뿐이라 여겼기 때문이다.

　셈이 통하지 않는 상대와의 거래만큼 답답한 건 장사치에게 없는데, 무림 문파들이 그랬다.

　공정하지 않은 거래를 셈도 다 틀리게 하려고 우격다짐을 하려 든 거다.

　단리 상단주가 가진 상인의 감은 당장 이들과의 거래를 끊지 않으면 앞으로 더 큰 손해가 올 거라 확신했다.

　“그랬다간 소림이야 몰라도 다른 문파들은 절대 가만있지 않을 터인데…….”

　가장 큰 손해를 보는 소림도 침묵하는 판에 크게 연관도 없던 다른 문파들이 나서는 거 자체가 우스운 일이지만, 그들의 생각이 거기까지 미칠 리가 없다.

　발을 빼려는 금오상단을 어떻게든 꼬투리를 잡아 흠을 만들고, 그 사이로 파고들려 할 게 뻔했다.

　“금오상단의 거래처가 한두 개겠나. 그중엔 무림맹 못지않은 곳도 있지.”

　혈사방은 아닐 테니…… 남은 건 단 하나.

　“황궁 말입니까?”

"그렇다네. 연이상단이 황궁을 등에 업고 있는 건 사실이나 정상적인 상단은 아니지. 금오상단이 무림맹과 인연을 끊고 황제 폐하 밑으로 들어가 세를 키우겠다면, 그분이 거절하시겠나. 오히려 환대하며 받아들이실 걸세."

"단리 상단주는 그래서 그렇게 하기로 결정을 하였답니까?"

홍개가 근심 어린 얼굴로 묻는 말에 목인이 고개를 저었다.

"아니라네."

……이야기가 원점으로 돌아간다.

"그럼 어떻게 하겠답니까?"

홍개가 좀 더 직접적으로 물었다.

그러자 목인이 부드럽게 웃으며 입을 연다.

"내 말하지 않았나. 단리 상단주는 유청이란 아이를 아주 마음에 들어 하고, 그 아이가 자기 손녀를 좋아하고 있다고 한참을 자랑했다고."

"설마……."

그렇게 단순하게, 이제 막 열 살, 열두 살 되는 아이들 혼사를 생각하며 상단의 앞날을 뒤바꿀 리가……?

홍개의 머릿속이 복잡해진다.

대단한 사람이라고 감탄한 게 조금 전인데 또 생각이 바뀔랑 말랑 한다.

"그 설마가 맞네."

목인이 홍개의 고민에 쐐기를 박았다.

그 노인네, 노망든 거 맞네!

자기랑 나이 차가 몇 살이나 된다고 단리종에게 꼬박꼬박 노인네란 표현을 갖다 붙이며 홍개가 고개를 설레설레 흔든다.

"자네는 이해가 안 가나?"

"그게 이해가 갈 만한 사람이 세상천지 있겠습니까."

"이상하군. 단리 상단주 말로는, 유청이 그 아이를 아는 사람이라면 모두가 두말없이 고개를 끄덕일 거라고 하던데."

목인의 눈이 홍개를 훑는다.

정말 아닌가? 하고 묻듯이.

그래서 홍개는 스스로에게 되물을 수밖에 없었다.

그래? 정말 아나?

……아아악! 나도 노망이 맞나 봐!

대체 뭘 보고, 뭘 믿고……. 단리 상단주에게 동조할라 그래?

뭘 해도 크게 될 아이, 진유청.

그래, 좋다 이거야. 그런데 대체 뭘 해서 크게 될 건데?

홍개가 이리저리 헝클어져 있는 머리카락을 뽑을 듯 세게 잡아당기며 괴로워하다 입을 열었다.

“아직 열 살밖에 안 된 어린아이인데…….”

“지금 열 살이라고 언제까지 열 살이겠나. 아이들은 금방 쑥쑥 자라나네. 아기 때 보았던 혜아가 벌써 열두 살이 되었다는데.”

듣고 보니 그건 그렇다.

하나…….

“이해가…… 이해가 안 가는 건 아닌데……. 그렇다고 하기엔 또 현실적인 문제들이…….”

“예끼! 자네가 천하의 금오상단 상단주보다 셈이 더 정확할까.”

자기가 내린 결론을 인정하기 싫은 건지 어떻게든 말을 돌리려 하는 홍개의 뒷덜미를 딱 잡아챈 목인이, 그가 자기가 내린 결정과 똑바로 마주 보게 한다.

“자네가 동심회에 마음을 주고, 그것을 개방 방주에게 전하여 호의를 갖게 한 것부터가 이미 시작이네. 벌써부터 자네도 결정을 하고 있었던 게지.”

정말 무림맹에 괜히 왔다니까. 내가 무림맹에 가겠다니 방주님이 총타를 탈탈 털어 한가득 싸 안겨 준 이유가 있었던 거다.

정교 때문에? 흥, 아니다.

이럴 줄 알고! 일이 더럽게 많고, 머리 아플 거 같으니 내가 소림 방장님 따라서 무림맹 간다니까 얼씨구나 하고

일거리를 바리바리 떠넘긴 거였다!

한평생 자유로이 강호를 떠도는 자신이 부럽다고 술자리에서 고기 뜯으며 몇 번 말하더니만…… 이렇게 날 음모에 빠뜨리시다니.

홍개가 속으로 이를 득득 간다.

"혹시 우리 방주님과 사전에 이야기가 있으셨습니까?"

"있었지. 단리 상단주가 떠난 후 나는 많은 생각을 했다네. 그래서 평소 소림과 같은 길을 걷는다고 여긴 다른 두 문파에 전갈을 보냈지. 나는 어차피 무림맹 총회에 참석하여 유청이 그 아이를 만나 보기로 마음먹었던 참이었고, 자네 방주는 자네를 보내 세상을 보겠다고 했네."

잠시 말을 멈춘 목인이 숨을 고른다.

이 나이가 돼서도 자신의 공부는 부족하구나 여기게 만든 무당 장문인의 놀라운 결정이 띠오른 탓이다.

"……그리고 무당의 장문인은 우리와 개방의 의견을 따르겠다고 답을 보내왔네."

청운자가 안 온 까닭이 그거였구나!

"무당 장문인도 참으로 대단하이. 때로는 자신의 눈보다 신뢰하는 다른 이의 눈으로 보는 게 더욱 정확할 때가 있는 법이라며 물러나다니. 나 같으면 이런 큰일에 그렇게는 할 수 없었을 게야."

그런 걸 보고 감탄할 수 있는 방장님도 대단하십니다.

큰 사람끼린 뭔가 통하는 게 있나 보다. 어떻게 그런 게 다 이해가 가지?

그래도 무당 장문인에 비하면 우리 방주가 좀 낫다 싶어 홍개의 얼굴이 펴지려던 참인데 말이다.

어쨌건 홍개는 자신과 똑같이 평범한 사고를 가진 청운자를 향해 애도의 뜻을 표했다.

너나 나나 너무 큰 사람을 문주로 맞이해서 고생이 많구나, 라면서.

덤으로 목영도 껴 주고.

그래, 그러고 보면 유청이도 큰 아이다.

……어렸을 땐 남보다 머리가 특출 나게 컸고……. 지금도 뭐, 좀 큰 편이긴 하지?

큰 사람과 큰 아이라.

훗! 나름 잘 어울리는 조합이다.

"방장님께선 결정하셨습니까?"

홍개가 저도 모르게 픽 튀어나온 웃음을 애써 지우며 목인에게 물었다.

"부처님의 뜻은 보이지 않는 곳까지 닿음이 확실한데도, 미욱한 이 사람은 보지 않으면 믿을 수 없으니 아직 수양이 덜된 게 분명하이."

목인이 빙그레 웃더니 말을 잇는다.

"무진이가 그러더군. 유청이란 아이는 비워져 있는 곳을

채워 준다고. 진심으로 웃어 주면 답례로 사람을 행복하게
만들어 준다 하더군. 자네는 어떤가. 그 아이를 만나기 전
보다 지금, 더 행복해졌는가?”

잠시 고민하던 홍개의 머릿속에 누군가 떠오른다.

화상 하나, 호랑말코 같은 도사 하나, 거기에 못난이 제
자 하나…….

“좀 전에도 자네, 웃지 않았는가.”

목인의 지적에 홍개가 결국 백기를 든다.

“네, 네, 그랬습니다요.”

“나도 어서 만나 보고 싶군.”

목인의 눈가에 부드러운 주름이 잡혔다.

“무진아, 거지 할아버지도 갔는데, 넌 안 가도 돼?”

상방 오호의 침상이야 반 이상 비어 있으니 무진 하나 제
워 줄 공간은 충분했지만, 문제는 그게 아니었다.

소림 방장의 제자가 사라지면 찾는 사람이 분명 생길 게
아닌가.

제 사부도 걱정을 할 테고.

빤히 알면서도 요 녀석이 왜 엉덩이를 붙이고는 뗄 생각
을 하지 않는 거지?

“홍개 할아버지가 사부님한테 잘 말해 준 댔어!”

의기양양하게 말하는 순둥이.

바보……. 말이야 잘해 주겠지. 대신 혼나는 건 다 혼나야 할 테고.

"학관엔 들어오는 사람은 확인하는데, 나가는 사람은 잘 확인 안 한 댔으니 안 걸릴 거야."

가기 싫은지 눈동자를 슬쩍 들어 올리며 유청이의 눈치를 보는 무진의 등을 떠밀긴 어려웠다.

"뭐, 맘대로 해라. 니가 혼나지, 내가 혼나겠냐."

진유청이 모른다는 듯 고갤 흔들었다.

나채환은 그런 무진을 물끄러미 바라보다 자리에서 일어나 무진 앞에 가서 선다.

얜 뭐지?

눈을 동글동글 굴리며 나채환을 올려다보는 무진의 눈은 맑고 깨끗했다.

"왜? 할 말 있어?"

무표정한 얼굴의 나채환을 무서워하지 않고 방실방실 웃으며 물어보기까지 한다.

나채환은 대답 대신 손을 들어 올렸다.

쿠웅!

예고 없이 날을 세운 손이 무진의 머리 위를 수박 쪼개듯 통 내리찍자 무진의 눈에 눈물이 그렁그렁해지고, 입을 삐죽거린다.

"왜 때려!"

"그냥."

전혀 예상치 못한 대답이 들려왔다.

"우씨!"

무진이 콧잔등을 찡그리더니 나채환을 향해 발을 날린다. 무진이 순둥이이긴 하지만 이유 없이 맞고도 헤벌쭉 웃어 주는 바보는 아니었다.

타다닥!

무진의 짧은 다리가 나채환의 무릎과 옆구리, 그리고 어깨를 쳐올렸다.

나채환의 몸이 휘청거렸지만 쓰러지진 않았다.

어떻게 봐도 무진의 우세.

"앞으론 때리지 마!"

무진이 험악하게 눈을 부라리지만 별로 무섭진 않다. 애초 본판이 워낙 그런 거랑은 거리가 있었다.

그래서 그랬는지, 아니면 나채환이 원래 그런 놈인진 알 수 없지만 무진의 말은 그다지 효과가 없었다.

찰싹!

나채환이, 유청이가 그랬듯 무진의 까까머리 꼭지 부분을 튕기듯 손바닥으로 친다.

"나빠!"

무진이 눈을 가늘게 뜨더니, 무릎을 굽혔다 펴며 그 반동으로 나채환의 턱에 좀 전에 맞은 머리꼭지를 갖다 박았다.

퍼억!

나채환이 뒤로 넘어가며 두 아이들이 뒤엉켰다.

나채환의 재능이 아무리 좋다 해도 소림 방장이 너만 한 아이를 본 적이 없다 할 정도인 무진과 비교하면 좀 처졌다.

"유청아, 말려야지!"

감히 끼어들 생각도 하지 못하는 권오현이 진유청을 채근한다.

"놔둬, 채환이 녀석 지금 간 보는 중이니까."

"간을 봐?"

무진 스님이 싱거운지, 짠지?

"그래."

유청이 자신도 비슷한 경우를 당했었다. 물론 상황은 달랐지만.

그때 나채환은 진유청의 첫인상이 마음에 안 들어서 일단 때려 본 거고, 지금 무진이는 마음에 들어서 일단 때려 보는 거다.

지는 넘치고 넘치지 않는 걸 알아볼 눈이 있다나 뭐라나.

그럼 보는 내내 치고 박던 한수는 간이 맹맹해서 간이 밸 때까지 두들겨 패던 걸까?

잠시 의문을 갖던 진유청의 눈에 하얗게 질린 권오현이 보인다.

설마 너도 맞을까 봐 무서운 거야?

진유청이 권오현의 어깨를 두드려 준다.

‘······요즘 이 동작을 꽤나 자주하는구나.’ 라고 생각하면서.

“그것도 때려도 될 만한 놈만 때리니까 넌 걱정 없어, 오현아.”

진유청의 위로 같지 않은 위로에 권오현도 자주 같은 생각을 했다.

나쁜 놈!

······그래도 맞는 건 싫으니, 일단 다행이다.

권오현이 손으로 가슴을 쓸어내리며 안도하다가 자신의 옆에서 같은 행동을 하고 있는 마진호를 발견한다.

저도 모르게 친밀감을 느껴 검지를 들어 ‘너도?’ 라고 묻는 권오현에게 마진호가 그럼 ‘너도?’ 하고 같이 검지를 들어 확인한다.

동시에 고개를 끄덕이며 둘이 마주 보고 씨익 웃었다.

第五章

무림맹 총회!

"무림맹 총회를 시작하겠습니다."

혈사방과 다르게 여러 거대 문파와 중소 문파들이 연합하여 만든 무림맹의 체계상 맹주를 뽑아 그의 휘하로 들어가는 형식을 취하긴 어려웠다.

만약 지금이 난세였다면 혈풍을 잠재울 걸출한 영웅에게 보기 좋게 맹주 자리를 양보하거나, 아니면 대신 피해를 뒤집어쓸 화살받이에게 흔쾌히 내줬을 텐데…….

그렇지도 않다 보니 오히려 맹주 자리를 채우는 데 어려움이 있었다.

결국 무림맹은 무림의 중요한 사항에 대해 논의하여 처리할 수 있는 협의 체제를 만들었고, 그중 하나가 바로 삼

년에 한 번 열리는 무림맹 총회였다.

총회를 진행하는 역할은 제갈세가의 가주인 제갈건이 맡았고, 상석엔 거대 문파 소속 장문인과 장로 들이 자리를 잡았다.

"첫 번째 안건은……."

제갈건이 손에 들고 있는 종잇조각을 읽어 내린다.

좌중이 조용해졌다.

무림맹에 건의되는 사항들은 모두 자기 문파나 가문의 이익과 밀접한 연관이 있기 때문이다.

대부분의 의견이 미리 결정된 뒤, 보고 형식으로 이어지긴 하지만, 그나마 반대 의사를 표명할 유일한 기회가 있다면 바로 총회에서였다.

그렇다곤 해도 그런 일이 일어나는 일은 극히 드물지만 말이다.

"이 일에 대해선 산동악가의 협조와 양보가 있어야 가능한 일이지만 대의를 위해 양해해 주실 거라 믿습니다."

제갈건의 말에 산동악가 가주의 얼굴이 딱딱하게 굳지만, 그는 감히 반박하지 못했다.

"그럼 다음 안건은……."

제갈건은 능숙하게 일을 처리했다.

사실 무림맹 총회는 무림맹 휘하 중소 문파들이나 무림맹 직속부대 무사들에게 소속감을 고취시키고, 그들이 무림맹의 일원으로 의견을 낼 수 있는 기회가 있다는 걸 알리기 위한 수단이다.

이어지는 총회에서 제갈건은 자신을 뚫어져라 바라보는 중소 문파나 가문의 주인들에게 무림맹 거대 문파들이 얼마를 해 먹었고, 앞으로도 얼마를 더 해 먹겠지만, 대신 너희들에게 무림맹은 그늘이 되고 우산이 될 거란 걸 강조할 것이다.

그런 고로 딱히 자기들이 없어도 크게 문제 될 거 없는 자리에 무림맹 주요 인사들이 즐비하게 나와 있는 까닭은 오직 하나다.

총회가 무림맹에 얼마나 중요한 회의인지를 보여 주기 위해서.

진짜로 중요한 회의라서가 아니라, 그렇게 보이도록 착각하게 만들려는 수작.

개방과 무당, 그리고 소림이 총회에 참석하지 않게 된 이유 중 하나였다.

"마치 무림학관을 보는 것 같다."

홍개가 못마땅한 얼굴로 제갈건을 쏘아보며 중얼거리자 목영이 고개를 끄덕였다.

"여기가 큰 구덩이라면 거기는 작은 구덩이지. 무림을 썩게 만드는 원인들."

하지만 오래도록 지속돼 온 평화는 사람들의 마음을 무

감각하게 만들고, 안주하며 더욱 깊이 썩어 들어가게 한다.

"목영, 자네는 동심회의 필요성이, 무림맹에 새로운 바람을 일으키기 위해서라고 보는가?"

"그렇다네. 소림도 무당도 개방도 더러운 것을 고개 돌려 외면했지만, 결국 우리도 이곳에 한 발 걸치고 있다는 사실을 부정할 수 없지 않나. 하지 않았다 하여 무림맹의 변질에 대한 책임에서 완전히 벗어날 순 없지."

더러운 걸 눈앞에서 보고도 말리지 않고, 방치했다.

무림의 주축으로 칭송받고 많은 걸 얻은 만큼 자긍심을 갖고 마땅히 나섰어야 했는데, 그러지 않은 건…… 죄다.

누군가 먼저 나서야 했다.

처음부터 그랬으면 좀 더 쉽게 썩은 물에 새로운 물꼬를 터, 더러운 것을 흘려보낼 수 있었을 텐데.

하나 자신이 나서지 않은 이상 다른 이를 탓할 수는 없는 법.

그렇게 시간이 흘렀다.

그리고 지금, 자신들이 일어설 계기를 만들어 준 건 하남 진가장이다.

진가장과 진가장의 친구들, 금오상단까지 포함하여.

'동심회' 란 단체가 탄생하며 목영이 손을 내밀고, 뒤이어 홍개와 청운자가 합세했다.

소림과 무당, 개방을 하나로 이을 수 있는 중심에 서서 그들이 꿈꿔 온 무림을 보여 준, 작지만 아름다운 가능성.

"그렇다면 단리 상단주처럼 자네도 유청이 하나 믿고 소림 방장님을 설득하여 일을 진행시키는 건가?"

목영이 유청이를 얼마나 어여뻐하는지는 홍개 자신이 잘 알았다.

유청이가 청운자나 자신을 들들 볶으며 구박하는 것과는 달리, 목영 앞에선 점잖은 모습으로 눈을 반짝이는 걸 보면 충분히 그럴 만도 했고.

만약 유청이가 자신 앞에서 그런 모습을 보였다면 홍개 자신도 깜빡 속아 홀딱 넘어갔을지도 모른다.

물론 지금이라고 안 넘어갔다곤 못 하겠지만 목영은 좀 중증이지 아마?

그런데 이상했다.

홍개는 물어보면시도 피식피식하며 조금의 시체노 없이 목영에게서 '그렇다'란 답이 나올 거라 여겼는데 아닌 거다.

잠시 뜸을 들인 목영이 진지한 얼굴로 그 자신이 생각한 바를 말했다.

"결정은 방장님께서 하시겠지만…… 나는 유청이만 보고 진가장을 선택한 게 아니네."

"그럼?"

홍개가 어리둥절하여 되묻자 목영의 머릿속에 진가장 삼

부자의 다정한 모습이 그림처럼 그려진다.

그리고 그중 한 명, 목영이 점찍고 마음에 둔 이에 대해 말한다.

"사실 나는 이현이를 염두에 두고 있네."

"진이현? 유청이의 형 말인가?"

"그래. 자네는 이현이를 제대로 본 적이 없지?"

"내가 있을 땐 이현인가 하는 녀석은 강호행을 떠나 진가장에 없을 때이니……. 그래도 얘기는 종종 들었지. 유청이 그 고집스럽고 성질 더러운 녀석이 제 형이라면 아주 깜빡 죽는다 하던데. 소림에서도 탐을 낼 만큼 자질이 뛰어나다고도 하고."

"맞네. 참으로 대단한 녀석이지."

목영이 저리 말할 정도면 정말 그렇긴 할 테지만……. 홍개는 수긍이 안됐다.

자신들이 유청이를 밀어주고, 그 아이를 변화의 새바람 한가운데 세우려는 건 그 아이가 무공이 강하거나, 지략이 뛰어나서가 아니지 않은가.

그런 걸로 비교를 하려면 이제 열 살밖에 안 된, 한낱 어린아이에게 그렇게 많은 기대를 하고, 큰 위험을 감수하면서까지 움직일 이유가 없는 것이다.

홍개의 마음을 읽었는지 목영이 이유를 덧붙였다.

"사람의 마음을 움직이는 건 유청이지만, 움직인 마음을 이끄는 건 이현가 될 걸세. 제 형을 끔찍이 생각하는 유청이가 이현이 위에 서려 할 리도 없겠지만, 무엇보다 두 그릇의 쓰임이 다르다네.”

“쓰임이 달라?”

“그렇다네. 유청이는 세상을 담는 그릇이고, 이현이는 담긴 세상을 제 품에 떠서 현실 속으로 이끌어 사용할 수 있는 녀석이지.”

“아…….”

홍개가 그제야 목영이 말한 뜻을 알아듣는다.

홍개는 진이현을 직접 본 적이 없어 스스로 판단을 내리기 애매한 부분이 많아 목영의 말을 받아들이는 게 조금 늦었다.

“한데, 굳이 유청이가 아니라면, 또한 굳이 진이현이란 청년을 우리 중심에 둘 필요가 있을까?”

아무리 진이현이란 청년이 대단해도 개방, 소림, 무당 세 문파의 수많은 제자들 중 그 못지않은 이가 없으란 법도 없고, 비슷한 정도로 재능이 있다면 아무래도 정통의 강자들에게 수학한 이들이 무공도 뛰어날 테니까.

“잊지 말게. 주체가 우리가 아니란걸. 우리가 꿈꿔 왔던 걸 먼저 실현시킨 곳이 바로 동심회이고……. 무림맹 내에 다른 동조자를 얻기 위해선 구파일방, 오대세가 출신이 아닌 동심회 소속 인물들이 가장 적격이라는걸.”

목영의 말이 옳았다.

거대 문파건 중소 문파건 의식 있는 인사들이 참여하도록 유도하기엔, 오히려 자신들보다 동심회 쪽이 거부감을 덜 일으킬 수 있을 것이다.

"이현이가 잘 해낼 녀석이고, 그 녀석 이상 갈 인물이 없을 거라는 건 자네가 직접 봐야 알 수 있을 거네. 믿기지 않을 정도라는 건 말로 해선 표현이 안 되는 거니까."

"알았네. 그래야겠군."

자신의 눈이 개방의 눈이라면, 모든 걸 꼼꼼히 잘 살펴봐야 했다.

"이현이를 마음에 두는 이유 중 하나를 더 고르라면, 유청이 녀석의 형은 이현이밖에 없다는 거네."

자신들의 마음을 모으고, 이제 다른 사람들의 마음을 모아야 하는 가장 중요한 역할을 할 유청이가 귀찮아하지 않고, 소매 걷고 나서게 할 수 있는 사람도 이현이와 진가장주 진호철뿐인 것이다.

그게 바로 동심회의 얼굴이 돼 개방, 소림, 무당의 지지를 받을 이로 진이현을 선택할 수밖에 없는 까닭이기도 했다.

사람의 마음을 모으는 건 타고난 재능이요, 가장 어려운 일이지만, 다른 이들 앞에 서서 지휘를 하고 이끌어 나가는 건 책임감과 더불어 뼈를 깎는 노력이 수반돼야 한다. 무력과 지력이 밑받침돼야 하는 건 말할 것도 없고.

유청이가 하고자 하는 마음만 있다면 다른 건 어떻게든 자신들이 채워 줄 수 있지만, 녀석 스스로 뒷걸음질 치며 귀찮아하면 열정적으로 일을 진행하기 곤란해진다.

하나 크게 고민할 필요가 없어 다행이었다.

진가장엔 또 한 명의 뛰어난 아들이 있었으니까. 자신들이 생각하는 바에 완전히 부합하는 천재가.

"유청이가 사람의 마음을 모으고, 이현이가 그것을 이끌고, 진가장주가 다독인다면……. 진가장은 최강이로군."

홍개의 말에 목영이 고개를 끄덕인다.

"맞네. 진가장주 또한 빼놓을 수 없는 사람이지. 아들들을 그리 잘 키워 내고 자신도 계속해서 발전하는 사람이야."

"진가장의 세상이 열리려나."

홍개가 무의식중에 중얼거리는 말에 목영이 정색을 했다.

"그리 말하지 말게. 그런 말은 또다시 패를 가르고, 질시를 키울 뿐이니."

목영의 충고가 틀리지 않음을 알기에 홍개가 쓴웃음을 지었다.

"우리야 사심 없이 감탄하며 얘기할 수 있지만, 누군가에겐 경각심을 심어 줄 테니, 내 앞으론 조심하도록 하지."

어차피 두 고수가 다른 이의 귀에 들리지 않을 정도로 신

경을 써서 나눈 대화이니 누가 엿들었을 걸 염려한 건 아니
다.

다만 저도 모르게 튀어나올 정도로 자연스러운 말이라면
의식하지 않는 순간, 다른 상황 다른 때 언제 갑자기 튀어
나올지 모르기 때문이었다.

조심해서 나쁠 거야 없지 않은가. 이제 막 새로운 일을
시작하려 할 때라면 더욱.

그 말을 끝으로 분위기가 가라앉자, 목영이 홍개를 툭 치
며 물었다.

"그런데 우리 방장님 막내 제자는 어디다 팔아먹었기에
아직도 보이지 않는가."

벌써 며칠이 지났다.

"무림학관에 있을걸?"

"있을걸…… 이라니."

홍개가 책임지고 데리고 다니고 놀아 주겠다 하여 믿고
맡긴 건데, 저렇게 성의 없는 대답을 하다니!

"녹아서 흐물흐물해진 엿처럼 유청이에게 찰싹 달라붙어
떨어질 생각을 안 하니 내 어쩌겠나. 학관의 부학장 말로는
총회가 열리는 기간 동안은 괜찮을 거라 하여 두고 왔지."

유청이 옆에 있을 거라 하니 안심이 되긴 하지만……

"커컥!"

홍개가 자리에서 벌떡 일어났다.

갑자기 좌중의 시선이 홍개에게 쏠리고, 홍개의 등줄기로 식은땀이 흘러내린다.

"반대하는…… 음? 개방의 장로께선 이 안건에 반대하시는 겁니까?"

제갈건이 이마에 깊은 주름을 잡으며 묻는다.

개방이 모용세가의 행사에 반대할 만한 이유가 있는지, 혹시 멸문하여 대가 끊긴 언가와 연관이 있는지 그의 머릿속이 팽팽 돌아갔다.

한데…….

"하하하, 아…… 아니오. 뭐, 뒷간을 좀 다녀오려고."

홍개라고 이런 때에 전혀 어울리지 않는 말을 하고 싶어 한 건 아니지만, 그 마음을 알아줄 리 없는 이들이 어이없다는 눈으로 그를 바라본다.

안면이 따가워짐에 홍개가 볼을 붉히며 말을 이었다.

"좀 급해서……."

그는 한시라도 빨리 이 자리를 뜨고 싶었다.

목영이 내리찍은 발등은 아직 화끈거리고, 사람들의 시선은 홍개를 부끄럽게 했다.

그렇다고 제대로 듣지도 않은 안건에 대해 무작정 '나는 반대하네!' 라고 할 순 없지 않은가.

"다녀오십시오."

제갈건이 싸늘한 낯빛으로 하는 말에 홍개가 쌩하니 밖

으로 나간다.

긴장으로 가득하여 조용히 진행되던 분위기가 일순 무너지며 여기저기에서 수군거리는 소리가 들린다.

빨리빨리 처리하여 생각할 시간을 주지 않아야 하는데, 홍개로 인해 흐름이 깨진지라 다시 수습하기가 어려웠다.

"조용, 조용!"

제갈건이 희미하게 미간을 찌푸리며 좌중의 시선을 모으려 애쓴다.

아무래도 자기 가문과 연관된 안건에서 홍개의 방해를 받자 마음이 상했는지 곧 모용세가를 이어받을 모용태가 눈살을 찌푸리며 홍개가 나간 방향을 노려봤다.

무림맹 총회가 끝나고, 간단히 담소를 나누는 자리가 마련되자, 소림 방장 목인 인근으로 사람들이 모이기 시작했다.

"오랜만에 총회에 참석하신 소감이 어떠셨소이까."

점창 장문인 최석이 목인에게 묻는다.

"여전하더이다."

목인이 웃으며 말한다.

"여전하다라……. 모호한 말이구려."

최석의 입이 목인을 향해 마주 웃었지만, 그의 눈엔 아무런 감정도 담겨 있지 않았다.

"자네는 좀 참지 그랬나. 자네 덕분에 제갈 가주가 꽤나 곤란해하더군."

최석이 이번엔 홍개에게 말을 걸었다.

"그게, 참을 수 있었으면 참았겠는데, 워낙 급해서. 옆에 있는 목영에게 횡액을 당하게 할 순 없지 않겠습니까."

갑자기 친우에게서 똥물이 줄줄 새어 나와 발을 적시게 된다면 황액 맞다.

개방의 장로가 소림과 함께 총회에 참석했다는 자체가 주시할 만한 일인지라 신경을 쓰려 했는데, 홍개는 영 옆에 가고 싶은 마음이 들게 하질 않았다.

"그랬군. 아, 저기 남궁세가의 대공자가 있군. 남궁세가는 점창과는 제법 친분이 깊으니 얼굴이라도 보이고 와야겠군."

최석이 홍개에게서 떨어져 자리를 피했다.

"대단하네. 저 점창 장문인이 먼저 움직이게 만들다니."

"……감사합니다."

홍개가 인상을 구기며 목인의 칭찬에 답했다.

소림 방장님만 아니었어도 그냥!

속으로 구시렁대지만 밖으로 들리게 할 리가 없다.

"내일은 유청이를 만나러 학관으로 가시겠습니까?"

"그래야지. 그러려고 왔는데."

여러 의미가 포함된 말이었다.

“남궁 대공자는 제 동생인 삼공자 남궁혁을 보러 온 걸까요?”

목영이 점창 장문인과 인사를 나누는 남궁민을 바라본다.

남궁민은 평소 활발히 무림맹 행사에 나서는 편이었지만, 총회만큼은 그다지 내켜하지 않았는데, 얼핏 듣기론 그 이유가……

“무림맹 수뇌부가 책임을 다하고 있는 한, 중소 문파들에게서 원하는 걸 얻는 건 당연한 거 아니냐며, 자기는 그들의 비위를 맞추는 일은 하지 않겠다고 했다지?”

오만했다.

가진 자가 오만하고, 실력까지 갖추니 그것은 당당함으로 변해 지지받게 됐다.

남궁민은 어디 있어도 스스로의 존재감을 뿜어내는 청년이다.

그것은 쟁쟁한 인재들로 가득한 무림맹에서도 다르지 않아, 남궁민이 있는 곳엔 벌과 나비 들로 그득하여 한 무리를 이뤘다.

“하하, 남궁 가주는 얼마나 좋을까. 저리 출중한 첫째 아들을 후계자로 두었으니.”

찬사가 머리에서 발끝으로 흘러내린다.

최석의 목소리가 소림 방장 일행이 있는 곳까지 들렸다.

다음날, 무림맹 인사들 중 무림학관에 자파나 가문의 아이를 보낸 이들은 무림학관으로 갔다.

철두는 진유청의 기억대로 중방과 상방 수련생들을 길 양옆에 세워 두고 학관으로 들어오는 무림맹 인사들을 열렬히 환영하게 했다.

물론 과거엔 쏙 빠져나왔지만 이번엔 그러지 않았다.

"와아아!"

무진이 양손을 허우적대며 철두가 시킨 대로 마구 환성을 내지르고 있다.

만약 무진이 쪽팔린 것도 모르고 이렇게 나와 시키는 대로 잘할 거라는 걸 알았다면 철두는 절대 상방과 중방 수련생 전체가 나와서 환영 행사를 진행하라 공고하지 않았을 것이다.

정확히 말하자면 무진은 상방 수련생도 아니지 않은가!

수많은 수련생들 사이에서 오직 하나, 까까머리의 무진은 어디서 봐도 확 눈에 띄었다.

무진의 존재는 무림맹 인사들이 소림이 언제 학관에 수련생을 보낸 건가 고민하게 만들었다.

"재, 재밌냐?"

"응, 츱츱!"

"그래, 열심히 해라."

격려해 준 진유청이 무진의 허리춤에서 손수건을 꺼내

입가를 닦아 준다.

예전만큼은 아니지만 무진이는 여전히 좋거나, 아주 싫거나 하면 침을 질질 흘리던지 손가락을 빨았다.

뭐, 한 두어 살 더 먹으면 고쳐지겠지. 징그러운 열 살이 지나면 말이다.

태어난 이후 처음으로 두 자리 숫자의 나이대로 진입하는 첫 장벽이라 그런지 열 살은 더럽게 안 가는 것 같다.

"어? 저기 너네 사부님 오신다."

진유청이 목영을 발견하고 목영보다 한 걸음 앞서 걸어가는 중후한 스님을 가리킨다.

장로인 목영이 수행을 하며 가는 이라면 소림 방장밖에 없을 거라 여긴 거다.

무진이 확인하니 정말 사부님이다.

신이 난 무진이 깡충깡충 뛰었다.

"사부님! 사부님!"

"무진이 사부님이 누구신데?"

권오현이 궁금한 듯 묻자 마진호가 대답했다.

"소림 방장님."

권오현이 덤덤하게 고개를 끄덕인다.

"그렇구나."

그런데 휩쓸리는 성격이 아닌 나채환도 깜짝 놀란 듯 눈을 크게 떴는데, 마진호 자신과 비슷하게 소심해 보이는 권오현이 너무 아무렇지도 않자 의아했다.

"안 놀라?"

"너무 놀라서 그래. 곧 괜찮아질 거야."

마진호는 깨달았다. 이것이 권오현의 평소 모습에선 있을 수 없는 이상한 상태란걸.

"……으응……. 힘내."

뭘 힘내니. 누가 유청이 친구 아니랄까 봐.

일단 권오현은 고개를 끄덕였다.

더 생각을 잇기가 힘들었다.

"크흠!"

목영은 자신의 눈을 의심했다. 무진이가 왜 저기 있지?

유청이와 놀고 있는 건 알았지만 이런 데까지 같이 나오다니.

무진이 옆엔 유청이가 장난스럽게 눈을 빛내며 손을 흔들고 있다. 홍개의 제자까지 같이 있군.

목영이 휙 홍개를 돌아보며 사납게 노려보자 홍개가 딴청을 피운다.

"무진아, 재미있느냐?"

목인이 피식 웃으며 무진의 환대에 답한다.

목영의 낯빛이 굳었다.

다른 문파 사람들도 있는 자리에서 소림 방장의 막내 제자가 뜬금없이 수련생들 사이에 섞여 침을 흘리며 손을 흔들고 있다는 걸 어떻게 변명한단 말인가.

"괜찮다. 명을 어기고 저기까지 간 게 문제지, 저기서 이 사부를 보고 좋아 꺄르륵 웃는 천진함이 무어 흉이 될까."

방장이 고개를 돌려 목영에게 말한다.

목영은 차마 얼굴을 들 수 없었다.

"사부님, 마저 손 흔들고 다시 올 게요!"

부학장 철두의 말대로 손이 떨어져 나가라 흔들었다고 보기엔 많이 부족한 모양이다.

사명감을 갖고 무진이 쪼로록 다시 유청이 옆 상방 수련생들의 대열에 끼어든다.

많은 무림맹 인사들이 황당한 얼굴로 무진을 바라보고 있었으나, 한 명, 무진이 아닌 유청이에게 시선을 주는 이가 있었다.

"저 녀석인가 보군."

남궁민이다.

형이라는 진이현은 자신을 불쾌하게 하고, 저 녀석은 혁이를 곤란하게 했다지? 참 재미있군.

진유청은 자신을 향한 날카로운 눈빛을 느끼고 휘휘 고개를 돌리다 남궁민과 눈이 마주쳤다.

어? 저거 혹시 씨 발라먹을 자식 아냐?

진유청의 눈이 가늘어진다.

자신의 형인, 진이현만큼 '나 잘난 놈이오' 하는 기운을 줄기줄기 뿜어내는 사람은 그리 많지 않다.

남궁민이 진유청을 향해 흰 이를 드러내며 웃었다. 분명 호의를 가장한 달콤한 미소다.

진유청은 그에게 아이답게 고개를 까딱거리며 손을 흔들었다.

'확 고자를 만들어 버릴까 보다.' 라는 생각은 일단 마음속에 곱게, 흠 하나 가지 않게 접어 둔다.

나중에 다시 꺼내 들어야 하니까.

남궁민 저 자식이 우리 형수를 먼저 찾으면 안 되는데.

자신이 학관에 와 있는 동안, 형은 가끔 진가장을 떠나 외유를 했다고 했으니, 분명 형수를 만나러 간 걸 거다.

그렇게 만남을 이어 가다 진유청이 학관에서 진가장으로 돌아간 뒤, 얼마 있다 형수와 혼인을 하겠다고 아버지께 말씀드리고 모용세가를 발칵 뒤집으며 혼례식을 강행했다.

진호와 뒷골목을 쏘다니던 게 본격화된 게 바로 그때였지, 쩝.

바로 옆에 이제는 복상사는커녕 개방 장로의 제자가 돼 앞날이 창창해진 진호를 보니 기분이 묘해진다.

자신으로 인해 진호의 운명은 달라졌다. 좋은 쪽이라면 좋은 쪽으로.

그렇다면 자신으로 인해 사랑하는 사람과 갈라진 형수는 어찌 됐을까?

과거의 삶과 현재의 삶은 같지만 다르다는 걸 깨닫고, 자유롭게 인과에 얽매이지 않고 선택하고 살아가겠다고 다짐했으니, 책임감은 느끼지만 죄책감은 갖지 않을 거다.

찾아내면 되지!

그리고 형하고 이어 드려 이번 생엔 좋은 도련님이 돼서 마구 예쁨을 받아야지.

"이제 자유롭게 살겠어."

딱히 얽매이거나, 하고 싶은 걸 못 하고 산적은 없지만, 심적인 부담감을 덜 수 있었던 진유청은 자신이 얻은 깨달음에 의지를 담아 그렇게 표현했다.

다만 옆에서 듣기엔 좀 다르게 느껴졌나 보다.

"저게 무슨 소리야?"

무진이 고개를 갸웃거리며 나채환에게 묻자, 나채환이 잠시 고민하더니 대답했다.

자유롭게 산다는 건 하고 싶은 대로 하겠단 거고, 세상사 하고 싶은 대로 하고 살기엔 너무 더러우니…… 저건 분명…….

"삐뚤어지겠단 거다."

"삐뚤어져?"

무진의 눈동자가 데굴데굴 구르며 이해하지 못하자, 나

채환이 간단하게 다시 설명해 줬다.

"막살겠단 거지."

……나채환의 성격에 걸맞게 표현이 마구 극단적으로 변하지만, 무진에겐 그것을 여과할 수 있는 티끌만큼의 '의심'도 없었다.

"우리 유청이 삐뚤어지고 막살면 안되는데."

무진의 얼굴에 근심이 어리지만, 나채환은 별로 감정 변화가 없었다.

유청이가 언제 멀쩡하게 정상적으로 시키는 거 하고 살았다고 새삼 저런 말을 할까 싶었을 뿐.

혹시나 저번 삶에서처럼 독비쾌검이 무림맹에 찾아왔는지에 대해 고민하며 그와 연관된 운명으로 자경이 형 또한 다른 이유로라도 무림맹에 와서 자신을 찾는 건 아닐까, 생각을 집중하고 있는 진유청은 자신의 옆에서 벌어지고 있는 불상사에 대해선 전혀 알지 못했다.

"와 주셔서 영광입니다."

중방, 상방 수련생들의 환영 뒤에 무림맹 인사들을 맞이한 이는 당연히 학장과 부학장이었다.

그리고 그다음은 하방 수련생들이 반가운, 혹은 아주 어려워하는 얼굴로 인사를 했다.

화기애애하게 얘기를 시작하는 이들 가운데, 차가운 기

운이 감도는 곳이 있다.

남궁혁이 한쪽 팔에 붕대를 감고 거무튀튀한 얼굴로 제형 앞에 서 있다.

"웬일로 무림맹 총회에 오셨습니까."

"내가 오고 싶어서 왔다."

남궁민은 동생의 다친 팔엔 눈길 한 번 주지 않았다.

"일을 잘도 망쳐 놨더구나."

바로 이어지는 추궁.

"누구 손에 잡힐 고기가 아니었습니다."

남궁혁이 변명하지만, 통할 상대는 아니었다.

"그 '누구'가 중요한 게 아니겠느냐."

남궁민은 실패에 관대한 사람이 아니다. 자신의 동생이라 하여 기준이 달라지진 않았다.

중방과 상방 수련생들은 물끄러미 하방 수련생과 무림맹 주요 인사들의 만남을 지켜봤다.

혹시 자신들에게 눈길 한 번 줄까 빳빳이 허리를 세우고 자세를 가다듬지만 별반 소용은 없다.

그저 평소 거의 볼 수 없는 무림맹 윗분들을 볼 수 있다는 데 만족해야 했다.

한데 건방지게도 상방 수련생들이 서 있는 길가 양쪽 가장자리에서 한 명이 툭 튀어 나가더니 다른 사람도 아닌 소림 방장을 향해 가는 거다.

"쟤 뭐지?"

상방 수련생들이 술렁이자 하방 수련생들과 무림맹 인사들이 고개를 돌려 이유를 확인한다.

"저 녀석, 유청이랑 같이 있던 꼬마 중 아냐?"

하방 수련생들은 진유청이 개방 장로의 총애를 받는다는 사실을 알고 어이없어 하면서도, 자신들이 전혀 예상치 못한 일에 너무 놀라서 그냥 있었지 모두가 힘을 합치면 개방 장로 한 명쯤은 억누를 수 있을 거라 입을 맞춘 상태다.

보잘것없어 보이던 진유청이 너무 고집이 세서 쉽게 수그러들지 않아 더욱 괴롭히며 미워하던 게, 개방 장로란 뒷배가 있어 진유청이 자신들과 크게 다르지 않다는 걸 알자 증오로 발전한 거다.

다 같이 완전히 짓밟아 버리자!

하방 수련생들은 깔아 보던 녀석이 알고 보니 자신들과 비슷하다는 것에서 오는 박탈감이 낯설었고 참기 어려웠다.

그런 상황에서 진유청과 꼭 붙어 다니는 무진과 마진호가 얼마나 미웠겠는가.

절로 험한 소리가 여기저기서 줄줄이 튀어나왔다.

하지만 저번과 마찬가지로 상황은 그들의 편이 돼 주지 않았다.

맹진경의 말을 들은 화산파 장로의 얼굴이 크게 일그러졌다.

"말버릇 하고는! 소림 방장님의 막내 제자에게 그 무슨 예의 없는 짓이냐!"

대장로가 제자인 정한수와 맹을 떠난 뒤 후임으로 온 삼장로가 맹진경을 호되게 꾸짖었다.

"……방장님의 막내 제자?"

저 덜떨어진 애가?

소림 방장이 극히 아낀다는 막내 제자가 함께 왔단 소릴 듣긴 했지만, 그게 저 동자승이라고는 생각도 못 한 거다.

말도 안 돼!

하방 수련생들이 마음속 깊이 부정하려 하지만 그런다고 현실이 바뀌진 않는다.

"그 옆에 있는 아이는 홍개의 제자군."

누군가의 중얼거림에 혼자 덩그렇게 서 있던 소기가 입술을 깨물었다.

그렇지 않아도 경원시당하던 하방에서, 얼마 전 홍개에게 무시당한 일로 소기가 정말 개방의 제자가 맞는지에 대한 조소가 난무했었다.

소기는 생각이 얕은 녀석들의 짧은 행동은 별일 아닌 듯 무시할 수 있었다. 왜냐하면 대의를 위했던 자신과 개인적인 기분 풀이를 한 저들은 처음 시작한 마음부터가 다르니까.

한데 다른 누구도 아닌 자파의 어르신인 개방의 장로가

같은 방도인 소기를 외면하는 것은 견디기 어려웠다.

홍개가 이번에도 소기를 무시하고 무진을 반갑게 맞이하더니 상방 수련생들 사이에 끼어 있는 진유청을 손짓으로 부르는 장면이 소기의 눈에 들어왔다.

소림 방장이 무진의 이마를 가볍게 쥐어박으며 꾸중을 하자 무림맹 인사들이 피식 웃는다.

"소림 문하의 학관 수련생도 없는데 왜 이곳으로 오시나 했더니만, 제자분이 또래들을 만나러 학관에 놀러 왔었나 보군."

제자를 찾으러 왔나 보다 한 거다. 한데…… 그게 아닌가 보다.

한 손으로 무진의 어깨를 감싸 안은 소림 방장이 다른 곳을 향해 손짓한다.

그 방향이 홍개의 손이 움직이는 방향과 일치한다?

모두의 시선이 두 사람의 손이 가리키는 곳으로 향했다.

아……. 저 사람들 보게나. 중과 거지는 눈치도 없는 건가.

진유청은 최대한 아무렇지도 않게 대열에서 걸어 나와 소림 방장 앞으로 다가갔다.

그와 소림 방장 사이를 채우고 있던 이들이 슬금슬금 물러나 길을 터 준다.

그 안엔 하방 수련생들도 있고, 거대 문파의 장로들도 있었다.

"네가 유청이로구나."

목인은 처음 보는 순간 한눈에 알아봤다.

무진이 옆에 있어 그런 게 아니다. 청량하게 풍겨 나오는 선기가 포근히 마음을 감싸 주는 걸 느꼈기 때문이다.

어찌나 향이 짙은지 무림학관에 모여 있는 모두를 감싸 안고도 남을 만큼 넉넉했다.

이 안엔 수많은 무림 고수들이 있고, 도를 깨닫기 위해 평생을 바친 이들도 적지 않은데…… . 그럼에도 그 향을 맡을 수 있는 이가 이리도 없단 말인가.

"처음 뵙겠습니다."

유청이 반듯하게 허리를 굽혀 인사를 했다.

소림 방장 정도면 그냥 물고기도 아니고, 물주다, 물주.

최대한 잘 보이려 눈을 말똥말똥 뜬 진유청이 배시시 웃었다.

"호오…… ."

목인이 감탄하더니 옆에 서 있는 사제 목영에게 말했다.

"자네가 왜 내게 그런 말을 했는지 알겠군."

홍개는 목영이 목인에게 했다는 말이 총회 시간에 자신과 나눴던 이야기와 같은 맥락일 거란 짐작이 갔다.

그릇이 다르다는 건가.

너무 커서 현실에선 쓸 수 없는 그릇, 세상이 담겨 세상을 안는 그릇.

저 쪼잔한 유청이가? 작은 거 하나라도 맘에 안 들면 기억해 두고 절대 안 까먹다 꼭 복수하는 녀석이?

"보통 이 시기에 학관 수련생을 만나면 사람이 너무 많아 대기실은 쓸 수가 없어서 수련생의 숙소로 가서 이야기를 나눈다고 하던데, 네 숙소는 어디 있느냐."

"상방 오호입니다."

유청의 말에 방장이 고개를 끄덕였다.

"그리로 가자꾸나."

다른 이들과 마찬가지로 마른침만 꿀떡꿀떡 삼키고 있던 철두가 용감히 나섰다.

"특별 대기실을 내어 드리겠습니다."

"괜찮네."

철두는 자신이 방장님을 생각하여 얘기하는 거란 걸 알아주길 바랐다.

"하방 수련생들이야 이인실이라곤 해도 어차피 독실을 쓰니 상관없지만, 소림 방장님을 상방 같은 누추한 곳에 모실 수는 없습니다."

어차피 아는 사람은 다 아는 얘기다.

하지만 상대가 나빴다.

"자네는 제 입으로 누추하다 깔보는 곳에 소중한 수련생들이 생활하게 하는 건가!"

　인자해 보이기만 하던 소림 방장이 노성을 터트리자, 주변 분위기가 묵직하게 가라앉는다.

　"말해 보게!"

　"자, 잘못했습니다."

　"잘못은 내게가 아니라, 수련생들에게 한 게 아닌가!"

　철두가 학장을 향해 도움을 청하나 그는 이미 다른 쪽으로 튀어 간 뒤다.

　철두보다 은근히, 조용하고 잘 챙겨 먹는 놈이 역시 위기 상황에서 대처도 빠른 모양이다.

　역시 있는 듯 없는 듯 남 몰래 잘사는 게 최고인 건가.

　소림 방장이 차갑게 몸을 돌린 뒤 진유청의 안내를 따라 걸음을 옮겼다.

　주변에서 들려오는 혀 차는 소리에 철두는 이제 자신의 학관 인생이 완전히 끝났다는 걸 깨달았다.

第六章

소림 방장과의 대화

오늘 상방 오호는 만들어진 이후 가장 화려했다.

건물을 새로 짓거나 방을 단장해서가 아니다. 그 안에 앉아 있는 인물들의 면면이 상방 오호를 하방 숙소보다 더 빛나게 한 까닭이다.

"네 친구들이냐?"

"네. 채환아, 오현아, 인사드려야지."

진유청의 말에 나채환과 권오현이 목인을 향해 인사했다.

나채환은 성격 그대로 입을 꾹 다문 채 별 동요가 없고, 권오현은 그야말로 얼어붙어 나무토막처럼 뻣뻣했다.

"허허, 우리 무진이가 신세를 졌다."

"시, 신세는요……."

권오현이 입을 뻐끔거린다. 이미 넋이 반쯤 나가 있는 것 같다.

목영이 홍개에게 눈짓을 하자 홍개가 마진호를 앞세워 다른 아이들을 데리고 상방 오호를 나서게 한다.

주위가 조용해지자 진유청이 단도직입적으로 물었다.

"저를 보자 하셨다면서요?"

"그래, 내가 그랬지."

목인의 눈빛이 진유청의 마음을 뚫어 보려 한다.

진유청은 그의 눈을 받아들여 자신의 가슴으로 인도했다.

과거라면 몰라도 지금의 자신은 세상에 부끄러울 것도, 두려울 것도 없는 사람이다.

"열 살이 아니구나."

"흡!"

진유청이 헛바람을 들이킨다. 이건 좀 놀랐다.

"……열 살이 아니야……."

목인이 미간을 찌푸린다. 처음 보았을 때는 풍겨 나오는 선기에 놀라고, 두 번째 보니 눈에 담겨 있는 깊이에 놀란다.

"열 살 맞습니다, 헤헤!"

진유청이 강조했다.

열 살 아이가 열 살 맞다 하니 뭐라 할 수 있는 일은 아니다.

목인이 고개를 끄덕여 수긍했다.

"그렇다고 치고."

다시 태어나기 전 과거의 삶을 지우면 나는 떳떳하고도 순결한 열 살 확실하다니까!

진유청의 얼굴이 붉으락푸르락해질 때, 목인이 입을 열었다.

"너는 네 형이 천하제일인이 될 거라 믿는다고 들었다. 그 믿음엔 아직도 변함이 없느냐."

아, 깜짝이야.

이 노인네……. 자꾸 허를 찌르네. 역시 소림 방장은 뭐가 달라도 다른가?

어쨌든 대답은 해야 했다.

"이현 형님은 능히 그럴 재능이 있고, 분명 그리되실 분입니다."

안 그러면 내가 고생한 보람이 없잖아, 안 그래? 그거 하나 믿고 다섯 살 때부터 인생의 피로함을 느끼며 피똥 싸게 열심히 살았는데.

"너는 동심회가 네 형의 배경이 되어 줄 수 있을 거라 생각하느냐."

"방장님께선 소림이 방장님의 배경이 되어 줄 거라 여겨 아끼고 가꾸시는 겁니까?"

진유청이 오히려 목인에게 되묻는다.

"그렇구나. 내가 질문을 잘못했다. 미안하구나."

목인이 순순히 사과한다.

동심회만으로 네 형을 뒷받침하기에 충분하냐고 물으려 했던 거다. 물론 그래 봤자 이 질문 또한 진유청이 받아들이지 않을 거란 걸 이제 알지만.

"방장님께서 그리 물으시는 까닭은 알 수 없지만, 동심회는 친목 단체일 뿐입니다. 서로 마음과 정을 나누고, 힘든 일은 같이 슬퍼하고, 좋은 일은 같이 웃는."

"나는 그게 부럽구나."

소림 방장이 빙그레 웃으며 하는 말에 진유청이 고개를 저었다.

"사람이 많으면 필히 문제가 생깁니다. 무림 전체의 행복을 바라신다면, 혈사방을 친 뒤 무림맹을 해체하고 무인들이 땅을 일구게 하셔야지요."

말도 안 된다.

특히나 혈사방을 치는 건 어떻게 해 볼 수도 있는 일이지만, 무림맹을 해체하고 무인들이 땅을 일구게 해?

……가능하지 않은 일. 아마 유청이 저 아이의 뜻은 그만큼 검을 쥔 자들의 세상인 무림 전체의 행복을 얻는 건 어렵단 뜻이리라.

목인의 눈에 이채가 서린다. 참으로 신묘한 아이로구나 생각하면서.

목인이 제 형을 철썩같이 믿는다는 진유청을 슬쩍 떠본다.

"하나 네 형은 할 수 있겠지?"

"……모두가 행복해지는 건 장담할 수 없지만 최소한 억울하게 당하는 자나 힘이 있다고 힘없는 자를 누르는 불공평함은 사라질 겁니다. 이현 형님이라면 말입니다."

"그렇다면 너는 어떠냐. 네가 나선다면."

목인은 유청이 탐났다.

목영의 말을 들었을 때보다 실제로 보니 더욱 소림의 아이로 들이고 싶은 게 자신도 세속의 욕심이 다 사그라지지 않은 모양이다.

그래도 자신과 소림의 일은 일단 접어 둔다.

동심회와 자신들을 밑받침으로 하여 눈앞의 이 아이가 세상에 나선다면, 또 어떤 세상이 그려질까 궁금해하며.

"제가 나설 리도 없지만, 만약 나선다면…… 망하지 않을까요?"

찌질한 놈이 주도하는 찌질한 세상이라.

아, 생각만 해도 아찔아찔…….

세상 사람들이 다 자신만 보면 '대장, 이거 좀 해 줘라.' 징징대고 눈을 초롱초롱 빛내며 '대장 최고!' 라고 한다면……. 그건 좀…….

"망해?"

목인이 되묻는다.

"게으르고, 할 줄 아는 것도 별로 없는 어린 제가 전면에 나선다면, 누가 우릴 눈여겨보고 힘을 빌려 주겠습니까. 가끔은 보이지 않는 것보다 눈에 확연히 보이는 게 중요한 법이니……. 역시 보기 좋고 먹음직한 떡이 최고 아니겠습니까."

보기엔 끝내주지만 맛은 없거나, 먹기 싫을 정도로 흉한데 맛은 아주 좋은 그런 것들보단…….

"네 형이 보기 좋고 먹음직한 떡인가?"

"제 형은 보기에도 좋지만 맛도 좋은 떡입니다!"

자신의 형은 떡 중에서도 좀 특별한 떡이기 때문에 진유청이 목인의 말을 정정해 준다.

어감이 다르잖아, 어감이!

목인이 결정을 내린다.

목영의 생각은 한 치의 틀림도 없이 정확했던 것이다.

"무림맹은 썩었다. 새로운 바람이 필요하지. 금오상단이 결정했고 개방이 동의했으니, 소림도 이제 결단을 내리겠다."

진유청은 이야기를 나누는 동안 목인이 무얼 염두에 두고 질문을 하는 건지 짐작 가는 바가 있었다.

"소림이 도와주마. 다른 곳에서 나서지 않는다 해도 우리는 너희를 지지하겠다. 너희 손을 빌려 썩은 곳을 도려내려는 게 아니다. 너희의 좋은 점을 받아들여 잘못을 깨우친 이들이 스스로의 손으로 잘라 내게 하려는 것이다.”

자신의 짐작이 맞아떨어졌음에도 진유청은 솔직히 기뻐할 수가 없었다.

무엇 때문인지는 알 수 없지만, 과거 무림맹의 썩은 고름에서 한발 물러서만 있던 세 문파가 직접적으로 나서기로 한 거다.

근데 이거 괜찮은 거야?

썩은 곳 도려내기로 한 건 좋은데……. 지금 썩은 데 도려내겠다고 헤집어 대다 혈사방이 뒤를 치면 어쩌지?

이 사람들은 혈사방 뒤에 진명회가 있단 사실도, 아직 진명회의 존재 자체도 모르잖아?

진유청이 고민하고 있을 때, 소림 방장이 불에 기름을 부었다.

“네 형에게 날개를 달아 주거라. 진가장을 천하에 우뚝 세울 수 있는 기틀을 만들 수 있도록.”

이런 씨바!

나 진유청의 인생을 통틀어서 쥐도 못 먹는 이런 더러운 상황이 벌어지다니!

꼭 못 먹을 때만 입에 처넣어 주려는 저 빌어먹을 하늘이 문제다!

원치 않는 데도 우화등선을 시키려 들더니만, 가겠다고

할 땐 뒷발로 차서 나자빠지게 한 일이 떠올라 더욱 울컥한다.

거기다 불귀곡의 일까지 머릿속에서 겹쳐지니······.

"그건 진가장의 장주이신 아버님과 소장주인 형님과 이야기하실 문제인 것 같습니다."

진유청이 일단 한 발 뺐다.

"네 생각을 묻고 있는 것이다."

온화한 얼굴과는 달리 추진력이 강한 목인이 진유청의 뒷덜미를 낚아챘다.

젠장! 열 살짜리 애가 뭘 안다고 자꾸 물어, 묻기를!

하나 이제 와 바보인 척 손가락 하나 빼물고 쭉쭉 빨긴 늦었다.

아, 이건 바보 흉내가 아니라 무진이 흉내인가?

어쨌거나 진유청은 고개를 들고 목인의 눈을 직시했다.

"원하시는 게 진가장만이라면 조금이라도 재고의 여지가 있겠지만, 동심회와 어떻게든 연관이 된다면 불가합니다."

쿠쿵!

상방 오호에 모여 있는 이들이 눈을 부릅뜬다.

"아, 아니, 쟤가!"

홍개가 아연실색하며 인상을 찡그린다.

이런 좋은 기회를 제 발로 차 버리려 드는 게냐! 다른 곳도 아니고 소림, 무림의 태산북두라 일컬어지는 소림에서 전폭적인 지지를 보내겠다고 하는데!

"이유가 무엇이더냐."

목인은 동요하지 않고 조용한 어조로 물었다.

"진가장은 물론 동심회 친구들 중 상당수가 이미 무림맹 소속입니다만, 그렇지 않은 분들도 있습니다. 장사를 하시는 분, 나랏일을 하시는 분, 사파는 아니나 출신이 불분명하단 이유로 무림맹 가입이 거절되신 분 등……."

잠시 말을 끊고 목인을 비롯하여 방 안에 있는 이들과 하나하나 눈을 맞추고는 입을 연다.

"동심회는 모두가 함께 처음의 마음을, 아이들의 마음과 정을 잇지 말잔 취지로 만들어진 모임입니다. 같은 동심회 안에 있더라도 내가 무림맹 소속이라 하여 너도 무림맹 소속일 필요는 없고, 내가 하는 일이 비단 나만의 일이 아닌 우리 모두의 일이 될 수 있는 곳입니다. 진가장이 동심회의 중심에 있을지는 모르지만 동심회 전체의 뜻을 독단적으로 대표할 순 없습니다. 명령 체계로 이루어진 집단이 아닌, 마음과 마음으로 이어져 돕고 나누는 걸 기본으로 함께 살아가는 가족이기 때문입니다."

동심회를 기반으로 무림맹에 자리를 잡으려면 필연적으로 무림맹에 소속되지 않았던 이들까지 영향을 받지 않을 수 없다.

방장의 말을 들어 보니 금오상단도 결정을 했다는 걸로

봐선 그들 또한 동참하려는 모양이지만, 상단이 무림 세력과 너무 친밀한 관계를 맺는 것에 꺼림칙함을 느낄 이도 분명 있을 것이다.

규모가 천하에서도 손꼽히는 금오상단에 비교할 수 없을 만큼 작아서 그렇지, 동심회에 상단이 금오상단 하나만 있는 건 아니니까.

북경의 경찬이 아버지는 또 어떤가.

형부상서쯤 되는 사람이 사조직을 결성했다는 오해를 살 수도, 혹은 무림맹 관련 사조직에 몸을 담갔었다는 오점을 남길 수도 있다.

……이, 이거 말하다 보니 정말 그러네!

요즘 아버지가 아무거나 막 주워 드실라 그래서, 언제 한 번 크게 탈나시는 거 아닌가 걱정했었는데, 아버지가 아닌 자신이 사고를 칠 뻔했다.

만약 자신이 눈앞에 것만 보고 한입 '앙!' 하고 베어 물었다면, 아버지한테 엉덩이에 불이 붙을 만큼 두드려 맞았겠지?

에휴우우.

진유청이 속으로 한숨을 내쉰다.

자신이 열 살짜리 흉내를 내며 살다 보니, 나이에 안 맞게 똑똑해 보이는 행동을 해서 칭찬 좀 받았다 하여 스스로가 정말 똑똑해졌다 착각하고 건방져진 모양이다.

주어진 천성이 변하지 않듯 자신이 갖고 태어난 재능 또
한 역시 변하지 않는 것인데.

"진가장만 원하시는 거라면 아버님과 형님께서 분명 깊
이 생각해 보시고 답을 내어 드릴 겁니다. 그게 어떤 결과
일진 모르지만 저는 두 분의 결정에 무조건 따를 거고요.
우리 진가장이 언젠 무림맹 소속이 아니었고, 또 언젠 무림
맹 소속이라 하여 제대로 대접이나 받았었습니까. 무림맹에
새바람이라…… 글쎄요……. 당장 눈앞의 것도 보지 못하
고, 서로 다른 꿍꿍이를 가진 상태에서 바람이 분다 한들
비집고 들어갈 틈이나 있을지 모르겠습니다."

진유청의 새카만 눈동자에 무게가 담기자 좌중의 어깨에
'쿵' 하고 커다란 돌덩이가 떨어져 내린 것같이 무거워졌다.

"……알았다."

목인이 나직하게 신음을 흘리며 대답했다.

그는 자신과 무당, 개방이 진유청과 진가장, 그리고 동심
회를 선택하는 거라 여겼지만 오히려 그 반대였다.

자신들이 동심회의 선택을 받아야 했던 것이다.

진유청의 말은 사리에 맞고, 이치에 거슬림이 없었다. 다
만 사람이 가진 욕심이란 측면을 비추어 봤을 때는…….

믿을 수 없을 만큼 너무 깨끗했다.

인과라는 게 그렇지 않은가. 잘한 일과 잘못이 겹쳐져 하
나가 되면 무게가 남지 않는다.

순리란 그렇게 튀어나온 것을 누르고, 들어간 것은 끄집어내어 순탄한 한 바퀴 원을 그리는 것.

한데 이 아이는 말과 행동 모두가 순리에 거스름이 없고, 눈빛은 그 진실을 투영하니…….

이미 세상과 하나 된 듯, 흐름을 스스로 굴려 가고 있었다.

누를 것도 튀어나올 것도 없는, 완전한 원.

참으로 기괴한 아이로구나…….

신묘하다며 눈을 빛내던 목인이 지금은 바짝 마르는 입 안을 혀로 적시며 마른침을 삼킨다.

분위기가 착 가라앉자 무진이 칭얼거린다.

"어쩌지, 어쩌지?"

목인이 고개를 돌려 아끼는 제자를 바라본다.

"왜 그러느냐?"

"……유청이가 삐뚤어졌어요!"

목인이 무진의 뜬금없는 말에 의아해한다.

자신이 보기엔 겉도 속도 흠잡고 싶어도 흠잡을 데가…….

음…… 또래보다 조금 큰 머리 말곤 없는 아이인데 어디가 삐뚤어졌다는 걸까.

"아까 채환이가 그랬단 말예요, 유청이 이제 막살기로 했다고!"

아무래도 제 사부와 유청이 사이가 냉랭해지자 걱정이

됐는지 이유가 뭘까 고민하다 결국 생각해 낸 게 그것인 모양이다.

듣는 진유청으로선 기가 막힐 뿐이었지만.

……대체 내가 언제?

금시초문인 이야기에 진유청의 눈이 휘둥그레진다.

"막…… 살아?"

목인이 미간을 찌푸린다.

"유청이 니가 그랬잖아, 아까 누구지? 엄청, 엄청 잘생기고 재수 없어 보이는 어떤 형아랑 눈싸움한 다음에!"

"으흠!"

무진의 말투에 목인이 헛기침을 한다.

어디서 저런 상스러운 말을 배웠을꼬.

목인의 눈이 절로 홍개에게 향하지만 홍개는 억울했다. 그가 손을 내젓고 휘젓고 몸서리치며 반박하지반 소용없었다.

"누구? 남궁민?"

진유청이 미간을 찌푸리며 되묻는다.

내가 그런 말을 했던가?

"역시 남궁세가 사람이었구나! 오현이가 그러던데 유청이 너 죽이려고 했던 하방 애도 남궁세가 사람이라며? 나빠! 그 사람들!"

우리 유청이, 안 그래도 못돼 처먹고 성질도 더러운데, 저기서 더 삐뚤어지면 얼마나 날 들들 볶을까!

"남궁세가 미워!"

무진이의 눈가에 눈물이 그렁그렁해진다.

"허어…… 그게 무슨 말이냐!"

무진의 말에 목인은 물론 홍개에 목영까지 기겁하였다.

심성이 깨끗하고 맑은 무진이 누군가를 밉다며 분노를 토해 내는 것도 당황스럽지만, 그전에…….

누가 누굴 죽이려 해?

무림학관 수련생이 다른 수련생을?

돌아가는 상황을 보니 조용히 덮기 어려울 것 같다.

원치 않게 일이 커지자 진유청은 부아가 치밀었다.

권오현, 이 자식! 왜 애한테 쓸데없는 말을 해서 사달을 키워, 키우긴!

하방 애들의 괴롭힘으로 인해 남궁혁과 진유청 사이의 묘한 기류가 예상보다 심각했음을 파악한 나채환과 권오현은 내심 진유청이 습격당했던 일의 원흉이 남궁혁이 아닌가 생각하고 있었던 거다.

아, 오현이 이 입싼 녀석! 주둥이를 그냥 확!

덤으로 무진이 너도 입을 꼬집어 주겠다!

진유청이 쌜쭉하니 무진을 노려보자, 무진이 손바닥을 겹쳐 제 입을 막는다.

하, 하면 안 되는 얘기였어? 그럼 미리 말을 하지…….

무진이 유청이의 눈치를 보자, 유청이의 눈에서 불이 켜

진다.

이 시키야, 니가 아는지도 몰랐는데, 뭘 미리 말을 해!

너랑 오현이 둘 다, 이따 보자!

"유청아, 지금 무진이가 한 얘기가 무슨 말이냐."

홍개가 유청이를 부르자 진유청이 다른 이들 몰래 주먹을 들어 올리며 무진에게 보여 준 뒤 슬그머니 내린다.

"저랑 남궁세가 삼공자랑 사이가 좀 안 좋아서 그냥 애들끼리 하는 말이에요. 별말 아닙니다."

"그게 아닌 것 같군."

목인은 속아 넘어가지 않았다.

"말하라."

목인에게서 차가운 기운이 피어올라 방안을 싸늘하게 식힌다.

아, 시원해.

여름에 저 늙은 중 할아버지만 계속 화나게 하면 땀날 일은 없겠다.

대신 다른 쪽으로 괴롭겠지만.

"그게……."

진유청이 '에라 모르겠다' 하며 입을 열었다.

"그래서 무림맹은 완전히 글렀다고 생각하게 된 것이냐."

목인은 진유청의 이야기를 듣고 왜 저 아이가 새로운 바람이 불어도 무림맹엔 들어갈 틈이 없을 거라 얘기했는지 알 것 같았다.

구제의 여지조차 없다는 뜻이리라.

"꼭 그런 건 아닌데……."

먹었다 탈 날 게 분명한 걸 집어먹기엔 내 뱃속과 엉덩이는 너무 여리다고 할 순 없는지라, 진유청이 말을 돌린다.

"네 아비와 형이 알면 당장 널 데리러 올 것이다."

목영이 거무튀튀한 안색으로 말한다.

당장 자신도 유청이를 데리고 무림학관에서 빠져나가고 싶은데, 저 녀석을 끔찍이 아끼는 진가장주와 이현이는 마음이 어떻겠는가.

남궁세가와 전면전을 벌여도 모자랄 정도일 것이다.

목영의 말에 진유청이 폴짝 뛰며 고개를 젓는다.

오랜 시간을 보내진 않았으나 벌써부터 지긋지긋해진 무림학관을 떠나기 싫어서가 아니다.

자신은 이제 다가올 일에 얽매이지 않고 자유롭게 스스로의 선택으로 이곳을 떠나 형수를 찾을 셈인데…….

만약 그런 일 때문에 진가장에 끌려 들어갔다간 아버지와 형이 절대 하남성 밖으로도 못 나가게 할 게 뻔했다.

"알려져 좋을 건 없는 얘기입니다. 그냥 묻어 두셨으면 합니다. 죄를 지은 자는 언젠가 벌을 받겠지요."

진유청이 최대한 진중한 어투로 무표정하게 말했다.

그래야 좀 먹힐 거 같아서.

다행히 진유청의 의도가 들어맞았다.

다만 그에게서 퍼져 나오는 묵직한 기운이 사람들을 놀라게 했다. 진유청의 예상보다 좀 더 많이.

목인은 큰일이구나 생각했다. 아이가 무림맹에 가진 적의가 너무 컸다.

이래서야 진가장은 물론 동심회에서 자신들의 제안을 받아들일 리가 없지 않은가!

순리를 이룬 아이가 저만큼 무림맹에 등을 돌렸다는 건, 그만큼 무림맹에 문제가 많다는 것.

남궁세가라…… 너희들이 정녕!

세가의 삼공자라 하나 한낱 어린아이가 독랄한 마음을 품고 그렇게 행동할 정도면, 그 위는 보지 않아도 뻔하리라.

남궁세가는 물론 그와 크게 다르지 않을 다른 문파들에 대한 적의와 걱정이 목인의 낯빛을 어둡게 한다.

아까보다 한층 더 분위기가 싸늘해지자 무진이 울음을 터트리며 바닥을 데굴데굴 굴렀다.

"츕, 츠읍! 삐뚤어져써! 삐뚤어져써! 유청이가 완전히 막 나가기로 해써! 우아아앙!"

쓰읍! 그런 거 아니라니까!

진유청이 눈을 부라리지만 소용이 없다. 오히려 무진의 울음소리를 더욱 키울 뿐.

그러게 왜 어른들 얘기하는 데 끼어들고 그래.

"그런 거 아니야. 채환이가 원래 좀 사는 게 비관적이야. 뭐든 다 꼬아서 듣고, 꼬아서 얘기한다니까?"

유청이가 무진에게 손을 내밀며 말한다.

"정말?"

눈물, 콧물로 범벅이 된 얼굴로 눈을 깜빡이며 무진이 되묻는다.

"그럼, 정말이지. 너는 내가 거짓말하는 거 봤어?"

무진이 고개를 도리도리 젓는다.

헤에.

헤벌쭉 벌어진 입에서 또다시 침이 질질.

어이, 중 할아버지, 이거 어쩔 거요……. 무림의 평화와 안정도 좋지만 막내 제자의 나쁜 버릇부터 좀 고쳐야 하지 않겠소?

진유청이 속으로 혀를 차며 무진이 흘리는 침을 닦아 준다.

목인은 그 모습을 보며 고개를 끄덕였다.

자신의 제자인 무진이 있고, 홍개의 제자인 마진호가 있지 않은가.

진유청과 진가장은, 그리고 동심회는 무림맹에게서 완전히 등을 돌릴 순 없을 것이다.

자신들의 안에도 동심회에 속해 있는 이들이 분명 있으니.

성급히 나서기보다는 내실을 다지고, 남에게 기대기보단

스스로 노력해야겠다. 무림맹의 일에 적극적으로 참여하여 고인 물을 아주 조금씩이나마 흘려보내리라.

그러다 언젠가 저 아이들이 좀 더 자라고, 이현과 진가장이 좀 더 영역을 넓히면……. 그때엔 가능하지 않을까?

목인의 눈이 넓어지며 그 안에 세상의 이치가 한 바가지 담긴다.

무진을 달래던 유청은 등 뒤에서 느껴지는 기운에 고개를 돌렸다가 화들짝 놀라며 눈가를 씰룩였다.

……내가 무진이 침 닦아 주는 게 당연하다 이거야?

왜 고개는 끄덕끄덕…… 설마 나보고 평생 무진이 침 닦이 노릇을 하라는 건 아니겠지!

목인에 대한 인상이 점점 안 좋아지는 유청이었다.

아따, 그 중 할아버시, 참 말 낳네.

목인과 한참 이야기를 나눠야 했던 진유청은 진이 빠져 중얼거렸다.

무진은 끝까지 사부를 따라가지 않으려고 했지만 결국…….

"소림 방장한테 귀가 잡혀 질질 끌려가는 것도 정말 드물디 드문 일일 텐데……."

그런 이상한 건 꼭꼭 당하는 무진이가 좀 불쌍하기도 하고, 왠지 자신도 남 말할 처지는 아닌 거 같기도 하고.

"에구구, 이게 다 뭐냐."

진유청은 팔짱을 낀 채 소림 방장 목인이 두고 간 한 꾸러미의 선물을 보고 혀를 찼다.

어쩐지 목영 스님의 등 뒤에 웬 커다란 봇짐이 매져 있나 했더니만, 이게 다 얼마 전 소림에 들렀던 단리 상단주 편에 보내진 진가장과 다른 사람들의 선물과 편지란다.

그중엔 진유청이 따로 아버지께 부탁해서 구해 달라 한 것도 들어 있다고.

"오현이 녀석이 좋아하겠군."

일단 그건 두고 봐야 알 일이지만…….

유청이 자신이 먹을 건 아니니 젖혀 두고 금세 다른 생각을 한다.

"자경이 형은 이번에 안 온 모양이네?"

자경이 형은 독비쾌검과의 연이 이어지지 않아 그 후의 행보가 과거와 완전히 달라졌나 보다.

과거에 독비쾌검은 왜 무림맹에 온 거지? 그것도 딱 이 시기를 맞춰서.

알아주는 고수긴 하나 무림맹 주요직에 있지도 않고, 따로 몸담은 문파가 있는 것도 아니라는데…… 왜 하필 무림맹 총회, 학관이 개방됐을 때 이곳에 온 걸까.

덕분에 사부를 따라 학관에 들렀던 자경이 형에게 오지게 맞고, 들들 괴롭힘을 당했었던 걸 생각하면 이분께도 그다지 좋은 감정은 안 생긴다.

뭐, 어찌 됐건……. 자경이 형을 위해선 잘된 일이다.

독비쾌검 같은 강자의 제자가 되지 못한 대신, 친구를 위해서라고는 해도, 최소한 진가장에서 죽을 운명은 지워졌겠지.

게다가 강수 아저씨는 한눈에 봐도 괜찮은 사내였다. 좋은 사부가 돼 줄 것이다.

"그나저나…… 어제 밤새 내가 일러둔 거, 무진이 녀석이 제대로 잘 전해 주려나?"

진유청은 무림학관에 와서 만나야 할 세 번째 사람을 찾는 중요한 일을 자신이 믿고 신뢰하고 좋아하고 아끼는 무진에게 맡겼다.

무진은 '너를 믿고, 신뢰하고, 좋아하고 아끼기 때문에 이런 일도 맡길 수 있다'는 진유청의 말을 철썩같이 믿고는 동그란 눈을 진지하게 빛내며 참 열심히도 들었다.

분명 사실이긴 사실인데, 왜 그 검은 눈을 보고 있노라니 속이 뜨끔거렸을까.

"에이, 사람 하나 살리는 일이니 무진이에게도 선행이 쌓여 좋은 스님이 되는 데 보탬이 될 거야."

진유청이 혼자 고개를 주억거리며 합리화한다.

자신이 무림맹 내성에서 조랑 형이나 그 아비 같은 하급 무사를 찾는 건 힘은 드나 어떻게든 해 볼 수 있는 일이지만, 맹에서 제법 지위가 있는 사람을 찾는 건 쉬워도 만나기는 아주 어렵다.

한낱 수련생인 진유청의 신분에, 안면도 없는 사람을 무작정 기다리다가 튀어 나갈 수도 없는 노릇이고.

소림 방장의 총애받는 막내 제자 무진이라면 훨씬 쉽겠지. 그냥 말만 전하면 되는데, 뭐.

끼이익!

"가셨어?"

문이 손가락 두 마디 정도 열리고 문틈 사이로 권오현이 방안을 살피며 진유청에게 묻는다.

"그래, 가셨다."

"와아."

권오현이 가슴을 쓸어내리며 문을 완전히 다 열고 안으로 들어왔다.

"그렇게 불편했냐?"

"당연하지. 내 평생 소림 방장님을 이렇게 가까이에서 만나고 인사까지 하게 될 줄 누가 알았겠어."

권오현이 아직도 들뜬 목소리로 말한다.

"그럼 좀 잘해 보지 그랬냐. 무진이 사제로라도 들어갈 수 있게."

"헉!"

권오현이 헛바람을 들이키며 마른침만 꿀떡꿀떡 삼킨다.

……그, 그런 건 꿈에도 생각해 본 적 없어!

"바보. 기회는 있을 때 잡는 거다. 잘 보였으면 방장님은 몰라도 목영 스님이나 저기 있는 진호 사제로라도……
에엥?"

마진호가 왜 저기 있어?

거지 할아버지가 가면서 안 데리고 간 거야?

하긴, 거지 할아버지가 진호를 찾아서 데리고 갔으면 애
들이 이리 조심스럽게 문을 열고 '가셨냐'며 안을 살필 리
가 없었겠지? 당연히 가신 걸 알았을 테니까.

"쯧, 쯧. 진호야, 너네 사부가 너 버리고 갔다."

진유청이 혀를 차며 하는 말에 마진호가 울상을 짓는다.

"정말?"

"그래……. 그 거지 할아버지의 제자가 되기로 한 것에
대해 다시 한 번 재고해 봐라. 다른 사람도 많잖아? 거기
거지 할아버지보다 한 끗발 높으신 방주님도 있을 텐데."

슬쩍 꼬드기는 진유청의 말에 마진호가 고갤 젓는다.

"방주님의 제자로는 정교 삼촌이 들어갔는데?"

"호오……. 정교 삼촌이?"

이건 예상치 못한 소득!

전직 물고기였던 잉어 떼 사이에서 노닐던 한 마리 사나
운 메기가 환골탈태하여 가물치가 됐군!

잘하면……. 이거…… 아주 짭짤하겠는데.

진유청의 눈이 반달이 된다.

"대장이 저런 표정을 지을 때면 무지무지 음흉한 생각을

하고 있다는 건데…….”

마진호가 슬금슬금 물러난다.

덩달아 나채환과 권오현도 마진호와 함께 진유청과 거리
를 벌린다.

“야, 너도 정교 삼촌이랑 같이 방주님의 제자를 하고 싶
지 않아?”

고개를 번쩍 든 진유청이 탐욕으로 초롱거리는 눈으로
말하자 마진호가 일단 부정부터 한다.

“아냐, 아냐, 난 우리 사부님이 좋아.”

“너 여기다 버리고 가는 사부님인데도?”

진유청이 음침하게 미소 지으며 꼬드기는데…….

콰앙!

“유청이, 네 이놈!”

홍개가 문을 박차고 뛰어들어 왔다.

“어? 너 버리고 가신 사부님이시네?”

진유청이 별로 놀라지도 않고 헤실헤실 웃으면서 말한다.

“사부님!”

마진호도 반색하며 홍개를 끌어안았다.

“진호야, 네 마음 잘 알았다. 이 못난 사부가 그리 좋더
냐.”

나중에야 진호를 잊어버리고 갔다는 게 생각난 홍개가
다급히 상방 오호로 돌아왔는데, 마침 안에서 들려오는 소

리에 문을 열려다 말고 멈춰 서서 귀를 기울였다.

저 못된 유청이 놈이 홍개 자신보다 한 끗발 센 방주님의 제자가 되라고 마진호를 꼬드기는 소리에 기함을 토했지만, 그래도 좀 못난 구석이 많지만 심성만큼은 곱고 사부를 생각하는 마음은 하늘 같은 진호가 정색하며 자신을 따르겠다 말할 땐 하늘이라도 나는 것 같았다.

팔에 안고 있는 무게가 전혀 안 느껴질 만큼 홍개는 기뻤던 것이다.

"흥, 저런 못된 녀석과는 놀지 말거라."

'물들까 봐 무섭다' 란 말을 덧붙이며 홍개가 인사도 없이 쌩하니 몸을 돌리자, 홍개에게 안겨 있던 마진호가 대장을 향해 손을 흔든다.

나중에 봐, 대장!

……응? 대장이 왜 한쪽 눈을 찡긋거리지?

"대장, 눈병 났어?"

마진호의 말에 진유청이 찡긋거리던 눈을 어설프게 펴며 도리질을 했다.

눈치 없는 녀석. 거지가 눈치 없으면 밥도 못 얻어먹는다던데…….

그래도 네 사부가 널 생각하는 마음이 깊으니, 자기가 동냥질이라도 해서 네 배는 채워 주겠지.

……설마 나한테 떠넘기진 않을 거야, 그치?

예전에 무진이 우리는 한 가족이라 노래를 하고 다닐 때, 진가장을 가득 채운 눈부신 빡빡머리 스님들을 떠올리며 몸서리쳤던 기억이 다시금 떠오른다.

저번엔 스님, 이번엔 거지?

홍개라면 제자인 마진호는 물론 자기까지 유청이 등에 업혀 밥 한 술 달라 하고도 남을 위인이긴 했으나, 차마 그렇게까진 생각하고 싶지 않았다.

침 닦이에 동냥질에……. 자신이 무슨 만능 일꾼인지 아는 건 아닐 거야…….

진유청의 고단한 하루가 또 지나갔다.

第七章

무진의 중요한 임무!

“사부님이 내일 바로 떠난다고 했으니, 오늘은 꼭 성공해야 해!”

무진이 주먹을 불끈 말아 쥐고 중얼거린다.

누군지는 홍개 할아버지에게 물어봐서 겨우 찾아 냈다.

“이각 부각주 남상겸이라 했지?”

무진이 남상겸의 이름을 까먹지 않도록 계속해서 되뇌며 이각으로 달려가 사방으로 눈을 빛낸다.

“꼬마 스님이 어인 일로 이각에 왔지?”

무림맹 내를 혼자 돌아다니는 무진을 이상하게 생각한 사람들이 무진에게 묻자, 무진이 또렷한 눈으로 그들을 바라보며 대답했다.

“부각주님을 만나러 왔어요!”

귀여운 무진의 모습에 사람들이 웃음을 터트리며 말해
준다.

“부각주님은 아무 때나, 아무 사람이나 만날 수 있는 사
람이 아니다.”

“우웅……”

무진이 축 처져서 입을 뾰족하게 내밀자, 애처로워 보였
는지 옆을 지나가던 이가 발을 멈추고 말을 건다.

“혹시 사부님이나 다른 누구의 심부름으로 왔느냐?”

“아니요.”

“흠……. 그럼 곤란한데.”

사내의 말에 무진이 한숨을 푹푹 내쉬다가 슬쩍 얼굴을
들고 눈치를 본다.

거짓말하면 부처님한테 벌 받을 텐데…….

하지만 유청이가 엄청, 엄청 중요한 일이라고 신신당부
한 건데 안 할 수도 없고. 사람 하나 살리는 일이라잖아?

끄응…….

딱 한 번만 봐주세요, 부처님!

무진이 두 눈을 질끈 감고 입을 열었다.

“사, 사부님 심부름……으로 와, 왔으면……. 부각주님
뵐 수 있……어요?”

안타깝게도 무진의 거짓말은 누가 봐도 단박에 알아볼

수 있을 정도로 티가 팍팍 났다.

하나 어린 스님이 익숙지 않게 거짓말까지 하는 모습에 혀를 차며, 사내가 말을 받아 줬다.

"네 사부님이 누구신데?"

소림에서 방장님 일행이 왔다더니, 거기 딸려 온 아이인가 보다.

애기를 좀 하며 달래 준 뒤 사부에게 데려다 줘야겠다 생각했다.

"방장 스님이요."

……누구?

사내가 눈을 깜빡거린다.

"애가 한번 해 봤다고 눈 하나 깜짝 안 하고 뻔뻔하게 거짓말을 하네?"

누군가의 입에서 튀어나온 말에, 사내가 고개를 돌려 눈빛으로 주의를 준 뒤 다시금 아이에게 말했다.

"사부님이 누구시라고?"

"소림의 방장 스님요."

우웅…. 이번 껀 거짓말 아닌데…….

"그럼 너는 누구냐."

사내가 미간을 찌푸리자 무진이 움찔하며 기어들어 가는 소리로 대답했다.

"……무진이요."

“허어, 이거 참.”

얼굴이 완전히 굳은 사내가 꾸지람을 하기 직전.

저편에서 뭔가가 희끗희끗 움직이는 게 보였다.

“응?”

사내가 시력을 돋워 그게 뭔지 살펴보니…….

허억! 저건……?

무림맹에서 어느 정도 요직에 있는 사람들이라면 무진의 얼굴은 몰라도 소림의 목영과 홍개의 얼굴은 모를 수가 없었다.

저도 모르게 무진과 저편에 있는 두 사람을 번갈아 가며 바라본 사내가 순식간에 바짝 말라붙은 입술을 혀로 핥으며 무진에게 말했다.

“내가…… 남상겸이다. 내게 할 말이 있느냐? 아니면 혹시 전할 말이라도?”

잠시 삼각에 다녀오는 길에 어린 스님을 보고 쩔쩔매는 모습이 귀여워 말 한 번 걸고, 얘기 좀 받아 주다 이게 무슨 날벼락인가 생각하며 남상겸이 조심스레 무진의 얘기를 기다린다.

“와아, 정말이에요?”

무진이 남상겸의 얼굴을 열심히 뜯어본다.

“눈도 두 개, 코도 하나, 입도 하나……. 정말 얘기 들었던 거랑 똑같아요!”

……대체 누가 뭐라고 한 거냐.

짐작 가는 바는 저기 자신을 지켜보고 있는 두 사람.

"그……러냐."

"네! 할 얘기가 있는데, 굉장히 비밀스럽고 중요한 얘기라 아무도 모르게 해야 해요!"

벌써 다들 아는 거 같은데?

남상겸이 주변을 돌아보고 한숨을 내쉬더니 말했다.

"따라와라. 내 방에 가서 이야길 듣도록 하지."

무진을 무시해 버리기엔 저 뒤에 있는 이들의 존재감이 너무 컸다.

게다가 정말 중요한 일일지도 모르지 않나.

……그렇지 않고서야 소림 장로와 개방 장로가 저러고 있는 걸 납득하기가 어려웠다.

무진이 총총거리며 안으로 들어가자, 멀찍이서 지켜보고 있던 홍개가 귀를 쫑긋거리며 입을 연다.

"무슨 얘기를 하려고 그러지? 궁금해 미치겠다……. 유청이 녀석은 생면부지인 남상겸한테 뭐 할 말이 있다고 무진이까지 동원한 걸까?"

홍개가 주절주절 입을 놀리는 데도 옆이 조용해서 힐끔 눈동자를 굴리니, 목영 또한 귀를 쫑긋거리며 안의 동태를 살피고 있는 게 아닌가.

조용히 입을 다문 홍개가 안의 동정을 살피기 위해 내공을 끌어올렸으나 아무것도 들리지 않았다.

"무진이 녀석은 죽어도 말 안 한다고 버티고, 유청이 녀석을 캐물었다간⋯⋯."

차라리 궁금해 쓰러지는 게 낫지, 그 소악마의 비위를 거슬렀다간 후환이 끝이 없으리라.

"아, 궁금해⋯⋯!"

홍개가 괴로워했다.

부각주 남상겸의 집무실엔 정적이 흘렀다.

남상겸은 왜 자신이 그토록 긴장했는지 어이가 없었다.

"그러니까 몇 년 후, 그믐달이 뜬 내 생일날에 여인이 따라 주는 술잔을 조심하라고?"

"네!"

무진은 당당했다.

하긴, 전하라는 말을 전한 것뿐이라니 부끄러울 게 뭐 있으랴.

"⋯⋯그 말을 누가 전하라 했다고?"

소림의 장로만 됐어도, 개방의 장로만 됐어도⋯⋯.

남상겸은 그 말 안에 숨겨진 다른 뜻이 있을 거라 여겨 엄청나게 고민했을 터였다.

하나⋯⋯.

"제 친구요!"

무진이 소림 방장의 막내 제자라 하나 이제 나이 열 살. 제 친구라는 녀석도 아마 그보다 한두 살 많거나 적겠지.

"네 친구가 왜 그런 말을 내게 전하라 했지?"

"그건…… 목숨과 관계된 일이라 하던데요?"

무진 자신도 잘 모르니 더 이상은 답해 줄 수가 없다.

유청이한테 좀 더 물어볼 걸 그랬나? 이 아저씨가 너무 궁금해하네…….

무진이 안타까워한다.

"그럼 그 친구는 누구냐. 내가 아는 아이더냐."

남상겸은 자신이 아는 아이라면 잡아다 어떻게 소림 방장의 막내 제자와 인연이 닿았는지 묻고 아주 혼쭐을 내어 다시는 이런 짓을 못 하게 하리라 다짐한다.

하지만 오늘은 남상겸에게 운이 좋지 않은 날인 듯했다.

"가르쳐 주면 안 돼요. 절대, 절대 비밀이라고 했어요."

"……알았으니 이제 나가 보거라."

남상겸은 무진과 더 이상 쓸모없는 대화를 나누길 포기했다.

정말 일이 있다면 밖에서 안을 지켜보고 있는 두 노고수가 직접 얘기하겠지 생각하며.

"제 말 확실히 기억하시죠?"

"나가 보래도."

남상겸이 차마 화는 내지 못하고 속을 내리누르며 억지

로 하는 말에 무진이 불안해한다.

이 아저씨, 까먹을 거 같다…… 안 되는데…….

"착한 아이는 어른 말을 잘 듣는 거다. 네 사부님께서 찾으실 테니 얼른 가 보아라."

남상겸이 억지로 무진을 쫓아냈다.

드득!

그리고 무진이 방문을 나서자마자 문을 닫아 버린다.

문을 닫고 뒤돌아서며 남상겸이 얼굴을 일그러트리며 중얼거렸다.

"내 생일은 초승달이 뜨는 삼일인데, 그믐달은 무슨."

몇 해인지도 확실치 않게 몇 년 후를 일컬으며 그믐달이 드는 생일날이라 말하는 아이의 얼토당토않은 애기에 기가 막힐 지경이었다.

"일이나 해야겠군."

남상겸이 무진으로 인해 허비한 시간이 아까웠는지 이마에 주름을 잡으며 탁자로 향했다.

그러나 그걸로 끝이 아니었다.

"알았다니까!"

결국 남상겸이 역정을 낸다.

"정말요?"

순한 눈망울에 눈물이 그렁그렁한 걸 보고 마음이 약해

져 데려오는 게 아닌데!

일을 끝마치고 처소로 돌아가는 길가에 앉아 있는 무진을 보고 소스라치게 놀랐던 남상겸은 이를 득득 갈았다.

차도 한 잔 주고, 사람을 시켜 다과를 내오게 하여 간식도 먹였다.

저녁때가 돼도 안 가서 밥도 한 끼 같이 먹었고.

그런데 뭐가 부족해서 가지도 않고, 같은 말만 되풀이하는 거냐.

"그렇다니까! 몇 년 후 그믐달이 뜨는 내 생일날, 여인이 따라 주는 술잔을 조심하라 이르지 않았느냐."

"네, 히히."

무진이 헤벌쭉 웃는다.

역시 유청이는 똑똑하다. 뭐든 안 까먹게 하는 데에는 기억에 남을 만큼 인상적인 사건과 더불어 반복 학습이 가장 중요하다더니……

"이제 그만 가겠느냐? 사람을 시켜……. 아니, 아니다. 내 직접 너를 소림이 머무는 처소로 데려다 줄 것이니."

"아저씨 자는 것만 보고요."

"……나 자는 걸 왜?"

설마 잠자는 사람의 귀에 그 말을 읊으려고?

순둥이처럼 둥글둥글 귀엽게 생긴 무진의 등 뒤로 검은 그림자가 겹쳐져 날개를 펼친다.

……소악마!

소림 방장의 제자를 억지로 끌어낼 수도, 때리지도 못하는 상황에서 찰떡처럼 자신에게 달라붙는 무진으로 인해 남상겸은 몸을 부르르 떨었다.

"……그믐달, 조심…… 소악마…….."

남상겸이 자면서 잠꼬대를 한다.

"우아, 성공이다!"

이 정도가 되면 절대 안 까먹을 거라고 유청이가 말했었으니 이제 가도 되겠다.

무진은 돌아가면 사부님께 엄청나게 혼날 걸 각오했다.

혹시나 자신을 찾는다고 무림맹을 발칵 뒤집으시면 안 되니 편지를 써 놓고 오긴 했지만…… 그래도 사부님한테 이마에 혹이 나게 쥐어박힐 거다.

"아저씨, 살아서 나중에 다시 봐요!"

무진이 악담인지 덕담인지 모를 요상한 말을 남기고 총총걸음으로 거의 기절 상태로 침상에 쓰러져 있는 남상겸의 방을 나섰다.

"별이 반짝, 반짝! 우리 엄마 별, 아빠 별은 어디 있을까."

한가득 밤하늘에 펼쳐 있는 별 무리들을 보고 무진이 중얼거린다.

자신을 버린 부모에 대해선 그리워한 적도 보고 싶다 생
각한 적도 없었는데, 진가장에 가면서부터 유청이나 이현이
형, 유청이 아버지를 보면서 가끔씩 이렇게 자신을 낳아 준
부모를 떠올리게 됐다.

그리고 이럴 때면 항상 가슴속 어딘가가 찡해서 코끝이
아릿하고 눈이 뜨거웠다.

"에잇, 어차피 유청이 형님이 내 형님, 유청이 아버지가
내 아버지야. 나는 사부님도 있고 목영 사숙도 있고 많이
많이 있는 가족 부자니까 괜찮아!"

무진이 하늘을 향해 손을 뻗으며 말한다.

그리고 씨익, 흰 이를 드러내며 웃더니 잠도 안 자고 자
신을 기다리고 계실 사부님에게로 달려갔다.

사부님이 마구마구 보고 싶었다.

"언제까지 이러고 있어야 하나."

남상겸의 처소에 딸린 정원에 몸을 숨긴 채 목영이 퉁명
스럽게 말한다.

"젠장. 유청이 녀석의 일에 엮이는 게 아닌데."

홍개가 머쓱한 표정으로 머릴 벅벅 긁었다.

"흥."

목영이 고개를 휙 돌린다.

유청이에게 물어도 소용없고, 무진도 대답하지 않는다면,

이 일에 대해 자신들에게 알려 줄 이는 오직 남상겸뿐이라는 홍개의 주장이었다.

목영은 내키지 않아 했으나, 결국 반쯤은 끌려서, 나머지 반은 호기심을 참지 못한 게 탈이었다.

처소로 돌아오는 남상겸을 잡아채려 했으나 무진과 동행하고 있어 하지 못했고, 무진이 금방 나오리라 예상하고 처소 인근에서 잠입하여 기다리고 있는데, 밤이 깊어도 나올 생각을 안 하는 거다.

"난 이만 가겠네."

목영이 말하지만 홍개가 조금만 참으라 달랜다.

저 말만 몇 번을 하면서도 기다린 시간이 길어 아쉬움에 발길을 떼지 못한다는 걸 알면서도 모른 척해 준다.

이대로 목영이 혼자 가 버리면 이 우스운 짓을 홍개 혼자 해야 하지 않나.

그건 절대 싫었다.

"어? 저기 나온다!"

홍개가 반가움에 소리를 높이자 목영이 홍개의 입을 막는다.

그런데 무진이 걷다 말고 걸음을 멈추는 게 아닌가.

슬며시 홍개의 입에서 손을 내리던 목영이 고개를 저었다.

"또 들어가려나 보이. 난 그만 가려네."

이젠 못 참겠다.

한데 무진의 목소리가 들렸다.

엄마 별…… 아빠 별이라…….

유청이 가족을 부러워하고 소림의 가족을 떠올리며 마음을 삭이는 열 살 어린아이.

"흐음."

목영이 애잔함에 입술을 깨물자 홍개가 그의 어깨를 토닥인다.

무진이라면 홍개에게도 제자 같고, 손자 같은 아이다.

그의 마음 또한 안쓰러움에 애가 탔다.

무진이 밝게 웃은 뒤 종종걸음으로 사라지는 뒷모습을 보던 목영이 벌떡 몸을 일으킨다.

"이보게."

홍개도 그를 따라 일어났다. 기다린 게 아쉽지만 무진을 따라가 안아 주려는 목영의 마음도 이해가 갔다.

목영이 고개를 돌려 홍개를 바라본다.

"……무슨 소린가. 자네는 안 들어갈 겐가?"

쫓아가는 게 아니라, 들어가?

어딜?

홍개가 멍하니 눈으로 묻자 목영이 검지로 남상겸의 처소를 가리켰다.

아하! 홍개가 이제야 알아듣는다. 왠지 허탈하다.

하지만 목영의 마음을 안다. 지금 무진에게 가 그 아이를 안아 주어도 해 줄 수 있는 말이 없음에 누구보다 답답할 사람은 바로 소림 출신인 목영일 거라는걸.

"그래, 가자. 궁금해 미치겠다!"

홍개가 일부러 더 과장되게 행동하며 남상겸의 처소로 발을 들이민다.

남상겸의 오늘 운수는, 그냥 좋지 않은 정도가 아니라 최악으로 치달았다.

다음날, 아무 일도 없었다는 듯 무림맹의 아침이 밝아 오고, 이각의 부각주 남상겸은 몸살로 앓아누워 결국 일을 나가지 못했다.

소림 방장을 비롯한 일행들은 작별을 고하고 소림으로 돌아가고, 홍개는 소기를 소환하여 학관을 그만두는 절차를 밟은 뒤 개방까지 동행하기로 한다.

"제가 무엇을 잘못했는지 모르겠습니다."

소기가 한 모든 일에 사사로운 이익을 취하려 한 적은 없었다. 모든 것은 개방을 위해서가 아닌가.

무표정한 얼굴로 그리 말하는 소기를 보고 홍개는 경악했다.

고작 열 살짜리가 벌써 어른들이나 할 법한 위악을 배우고, 스스로를 합리화한다는 사실에 마음이 처참해졌다.

“내가 알게 해 주마. 네가 무엇을 잘못했는지.”

뼈가 부러지고, 살점이 뜯겨 나가게 해서라도 몸에 새기고 마음에 새겨 줄 것이라 홍개는 다짐했다.

무진은 사부에게 어찌나 쥐어박혔는지 아직도 하늘에 별이 보이는 듯했고, 목영은 어젯밤 남상겸이 한 말로 인해 심사가 복잡하다.

……대체 무슨 말일까.

아무리 생각해도 답이 나오지 않자 목영이 한숨을 쉰다.

호기심 또한 사람의 욕심이고, 욕심은 문제를 일으키는 근원임에야…….

자신이 어제 한 행동이 스스로에게 던진 그물과 같이 되돌아와 답도 없이 괴로워만 하는 지금의 행동이 우스웠다.

“채울 곳이 없으면 비울 것도 없는 것을.”

탈탈 털어 버린 목영이 빙그레 웃으며 스스로 진 짐을 내려놓고는 서둘러 방장을 쫓아 무림맹을 나섰다.

유청아, 잘 지내거라.

마음속으로 학관에 있을 유청에게 인사를 남기며.

“우웨에엑!”

아무래도 진유청은 잘 못 지낼 것 같았다.

앞으로는 어떨지 몰라도 최소한 오늘 하루만큼은.

“그렇게나 고대하고 기대하던 약이라며? 어젯밤엔 내가

네 은인이라며 고마워하더니만 왜 오늘은 죽일 것처럼 노려보는데?"

진유청이 퉁명스럽게 던지는 말에 권오현의 눈초리가 추켜 올라갔다.

그걸 몰라서 묻냐? 응?

"사람들이 말하길, 술이 쓰지 않은 건, 인생이 그보다 더 쓰기 때문이라 하잖아. 너도 그 약이 쓰지 않을 때, 소심한 성격을 극복해 낼 수 있을 거야."

그거랑 그게 무슨 관련인데, 무슨 상관인데!

권오현의 눈이 하늘 높은지 모르고 계속 꿈틀꿈틀 추켜 올라가자 진유청이 으름장을 놓았다.

"그래서 먹기 싫어?"

나도 그 약 보기만 해도, 냄새만 맡아도 토할 거 같은데, 굳이 니가 먹겠다고 해서 집에 특별히 부탁해 약재를 받아 온 건데…….

싫으냐? 싫으면 말아라.

진유청이 '흥' 하고 콧방귀를 뀌며 고개를 돌리자, 권오현이 기어들어 가는 목소리로 말했다.

"……그건 아니지만……."

"그럼 빨리 마셔. 달콤한 과실을 얻기 위한 인내는 원래 쓰디쓴 법이야."

이 말 저 말 다 입에 주워 담았다 뱉는 진유청이 알고나

하는 소린지, 아니면 그냥 주절거리는 건지 고민하던 권오현이 결국 손에 들고 있는 약사발을 단숨에 입에 쏟아부었다.

"케엑!"

진심으로, 뱃속 깊은 곳…… 이 년 전에 먹고 체했던 떡 조각까지 모두 쏟아져 나올 기세다.

진유청이 슬쩍 걸음을 옮기고, 나채환이 호기심 어린 눈으로 권오현의 약을 바라본다.

"너도 마셔 볼래?"

진유청이 나긋한 어조로 권하자, 나채환도 대체 어떤 맛이기에 사람이 한순간 저리 망가지나 싶어 호기심이 깃든다.

하지만…….

"꿰에에엑!"

권오현의 본격적인 토악질에 나채환이 고개를 젓는다.

"난 저거 마시면 너 때릴 거 같다."

……하긴, 광견 너라면 그러고도 남지.

유청이가 순순히 포기한다. 괜히 약 한 사발 갖고 아침나절부터 나채환과 드잡이질을 하긴 싫었다.

어제 펼쳐 본 꾸러미엔 오현이를 위한 약재와 마 가주님이 보낸 질 좋은 검, 유 문주님의 선물인 상처에 잘 듣는다는 연고 등 하남에서 보내온 선물들이 가득했다.

무엇보다 진유청을 기쁘게 한 건 집에서 온 편지였는
데…….

진가장은 아무 일 없이 아주 잘 돌아가고, 조량도 하고
싶은 공부를 실컷 하며 금오상단 일을 돕고 있다고 하고.

무진이도 무림맹을 떠나기 전 아침에 잠깐 들러 어제 일
을 잘 해결했다며 으스대고 갔다.

왠지 몸도 마음도 한결 가벼워진 것 같은 게…….

아, 싱그러운 아침이다.

얼마 만에 이렇게 상쾌한 기분을 느껴 보냐.

진유청이 기분 좋게 양팔을 들어 올려 기지개를 폈다.

第八章

열한 살, 세상과 마주할 나이!

“아하아암!”

입을 쩍 벌리고 늘어지게 하품을 한 진유청이 손등으로 눈을 비빈다.

시간이 얼마나 됐지?

잠이 더 안 와서 못 자겠다.

진유청은 요즘 세상이 다 편안했다.

소기도 거지 할아버지에게 잡혀가고, 남궁민이 다녀간 이후 남궁혁도 쥐 죽은 듯 조용하다.

더 이상 무림학관의 누구도 진유청을 귀찮게 하거나 괴롭히려 들지 않았다.

사실 그럴 수밖에 없는 게, 진유청과 엮여 좋은 꼴을 본

이가 하나도 없지 않은가.

처음 고두희를 시작으로, 남궁혁, 소기, 거기다 무림맹 총회가 끝나고 외압을 받아 학관을 그만두게 된 부학장 상두까지.

그로 인해 진유청은 개 중의 개, 혹은 재앙(災殃)이라고까지 일컬어졌는데…….

툭, 툭!

권오현이 진유청의 침상 옆에 서서 그를 내려다보며 조심스레 옆구리를 찌른다.

진유청이 준 약은 별로 효과가 없었는지 소심한 성격 그대로다.

"유, 유청아……. 오늘은 꼭 해야 할 일이 있다며."

진유청이 몸을 모로 뉘며 이불을 끌어당겨 머리 위까지 뒤집어쓴다.

"유, 유……."

권오현이 우물쭈물하자 보다 못한 나채환이 한 손으로 권오현의 앞을 가로막고 뒤로 밀어내어 자기가 그 자리에 선 뒤 발을 들어 올렸다.

퍼억!

"으아악!"

침상에서 바닥으로 떨어져 나동그라진 진유청이 등짝에 이는 통증에 괴로워한다.

이건 분명 저 광견 짓이다!

쑤시는 크기가 딱 저 녀석 발자국만 해!

아침마다 얼마나 많은 발자국이 등짝에 박혔는지 이젠 발 크기가 가늠될 정도다.

진유청이 휙 하고 고개를 돌려 쌜쭉하니 나채환을 올려다보며 콧잔등을 찡그리자, 나채환이 무표정한 얼굴로 말했다.

"일어나라, 짐승."

'재앙(災殃)은 무슨 얼어 죽을 재앙. 이건 그냥 짐승이다' 라고 나채환은 생각했다.

"내가 왜 짐승이야!"

진유청이 반박한다.

"……먹고, 싸고, 자고, 먹고, 싸고, 자고……. 몇 달간의 네 행적이다. 거기서 가끔 변하는 게 있다면 장소를 바꿔 하노의 처소에 가서 먹고, 싸고, 자고 한다는 것 정도 아니냐?"

오죽하면 나채환 자신이 다 이럴까.

나채환은 정말 짐승을 보는 눈으로 진유청을 뚫어져라 응시한다.

"쳇!"

너무나 뜨거운 나채환의 시선에 수줍었는지 진유청이 눈가를 씰룩이며 침상에서 일어난다.

정한수가, 자다가 등에 욕창 생기는 놈은 생전 처음 본다던 말에 이어 이젠 짐승이란다.

왜 이 녀석들은 내가 좀 편히 쉬는 꼴을 못 보지?

진유청이 한숨을 푹 내쉰다.

"오, 오늘……. 중요하게 할 일이 있다며. 그, 그래서 깨운 거야."

오현이 너, 왜 그렇게 떨어?

채환이가 내 등짝에 발자국 찍을 때, 채환이 등 뒤에서 히죽거리며 좋아하는 거 내가 봤다는 걸…… 너도 아는구나, 그치?

진유청이 눈매를 가늘게 휘며 눈동자를 반짝이다 흠칫한다.

자, 잠깐!

난 이불을 덮고 있었고, 거기다 몸까지 옆으로 돌리고 있었는데…….

채환이 녀석은 둘째치고 저 녀석 등 뒤에 숨어 있던 오현이를 어떻게 본 거지?

잠결이라 순간 졸며 헛것을 본 건지, 아니면…….

설마 또, 또 그 빌어먹을 우화등선이 시작된 건 아니겠지?

이상하다. 그때는 분명 몸도 같이 두둥실 떠올랐었는데?

혹시……. 이번엔 더 악랄하게 몸뚱이도 버리고 혼만 잡아가겠다는 거야, 뭐야?

쿠웅!

갑자기 떠오른 생각이 진유청의 머릿속에 벼락처럼 내리꽂힌다.

이건……. 완전범죄다!

하늘, 너 좀 또, 똑똑한데……?

몸까지 같이 사라지는 것보단 혼만 스윽 집어 가면 말 그대로 자연스러운 죽음이 된다. 지붕 뚫고 하늘 위로 올라갈 일도 없고, 의심 살 일도 없으니…….

내가 우화등선씩이나 했어도 아무도 그 사실을 모르겠지?

이러다 혹 가면 묘비명에 진가장 둘째, 꽃을 채 피워 보지도 못하고 급사하다.

그, 그런 게 쓰이는 거야?

젊을 때 피똥 싸며 노력한 걸로, 늙어 똥칠할 때까지 이현 형님 등이나 처먹으며 살려 했던 내 꿈은? 내 꿈은!

부아가 치민다.

……이 씨 발라먹을 하늘 같으니라고!

구름을 다 걷어 고자를 만들어 버릴 수도 없고!

하늘, 넌 왜 꼭 좀 살 만해지면 이 지랄이니, 이 지랄이!

씨바, 저게 또 왜 미쳐서 저러는 건데, 응? 응?

누가 나한테 말 좀 해 줘!

이놈의 불귀곡 비급 후유증은 대체 언제까지 가는 거야!

진유청은 넋을 놓고 자기가 무슨 생각을 하고 있는지, 그게 말이 되는지도 알지 못한 채 속으로 주절거리기 시작했다.

"유청이, 왜 저러지?"

혼자서 심각한 안색으로 입술을 달싹이며 파래졌다 붉어졌다 반복하는 진유청의 얼굴은 한마디로 무서웠다.

권오현이 마른침을 삼키며 나채환에게 묻지만, 나채환이라고 해서 알 리가 있나.

나채환은 보통 사람의 일반 상식선에서 자신이 내릴 수 있는 결론을 말했다.

"겨울잠 자고 막 깨어난 곰이 저렇다더라."

반만 잠에서 깨어 정신은 없고, 배는 고프고, 몸은 근지럽고.

힐끔 진유청을 바라본 나채환이 고개를 돌려 권오현에게 송곳니를 드러내며 말했다.

"뭐 좀 먹이고, 씻기면 괜찮아지겠지."

"그, 그렇겠지?"

권오현이 일단 동의한다. 다른 방법은 어차피 없었으니까.

그걸로도 안되면…… 이번에야말로 방을 바꿔 달랠 거다!

채환아, 너도 같이 가자……. 흑.

진유청을 깨우는 걸 도와주는 나채환의 호의에 고마워하
다 이제 제법 사이가 좋아진 권오현이었다.

권오현과 나채환은 망연자실해 있는 진유청의 양팔을 하
나씩 잡고 질질 끌어 찬물에 집어넣었다 꺼낸 뒤 풀밭에 앉
혀 대충 물기를 말린 후 밥을 먹으러 갔다.

"자, 젓가락."

권오현이 친절하게 진유청의 손에 젓가락을 쥐어 주자,
밥 냄새가 허기를 자극했는지 진유청이 밥그릇을 한 손에
들고 우걱우걱 퍼먹는다.

"컥!"

내 저럴 줄 알았다.

권오현이 물 잔을 찾는데, 나채환이 먼저 제 앞에 놓여
있는 물 잔을 진유청 앞으로 슥 밀어준다.

진유청이 벌컥벌컥 물을 마신 뒤 탁자 위에 내려놨다.

"죽을 뻔했네."

혀를 빼문 진유청이 헥헥거린다.

이제 정신이 좀 드는 모양이다. 참으로 다행히도 나채환
의 말이 옳았다.

"오늘 할 일 있다며. 그래서 좀 과격하게 깨웠어."

그러니 우리 잘못은 아니다?

권오현이 미리 방어를 한다.

"오현이 너, 아까 웃었지? 채환이가 내 등짝 발로 찍었을 때."

진유청이 자신이 잘못 본 게 아닌지 확인해 본다.

"……어엉?"

그, 그걸 어떻게 알았지?

권오현의 이마에서 삐질 식은땀이 흘러내리는 게 보였다.

이쯤이면 대답은 필요 없지.

빠악!

일단 웃음에 대한 보답부터 가볍게 박치기 한 판으로 끝낸 진유청은 어깨를 축 늘어트렸다.

젠장, 정말이잖아!

"우씨, 그러니까 깨울 때 일어났음 됐잖아! 중요한 일 있다고 꼭 깨우라고 해 놓고서!"

이마를 부여잡은 채 권오현이 울상을 짓는다.

"중요한 일……."

아! 맞다!

"있지, 아주 중요한 일."

오늘은 진유청의 열한 살 생일인 것이다.

더불어 진유청이 학관을 나가기로 정해 둔 날.

작년엔 생일을 어떻게 보냈는지 기억도 안 난다. 특별히 생일이라 챙긴 것도 아니고, 친구들에게 얘기하지도 않았고.

자신이 진가장에서 막 태어났을 때 이현 형님의 나이였던 열 살을 두 번째로 지나왔다.

처음 맞았던 열 살과 두 번째 맞은 열 살의 차이는 하늘과 땅처럼 컸지만 둘 다 진유청 스스로의 선택으로 지나온 길이라는 데 이의는 없다.

그리고 지금 열한 살.

아직은 어리지만 세상과 마주할 나이, 나의 두 번째 세상과.

그래서 진유청은…….

"나 가출할 거다."

결심했다.

"푸아악!"

권오현이 물을 마시다 말고 뿜고, 나재환은 젓가락을 든 자세 그대로 굳었다.

진유청이 입가를 씰룩이면서 발작하지 않고 겨우 참으며, 권오현과 마주 앉아 있었기에 맞아야 했던 물 줄기를 손으로 닦아 낸다.

너도 참 가지가지 한다, 오현아.

"가출? 왜?"

재수 없는 하방 애들만 마주치지 않으면 밥도 주고 잠도 재워 주는 이렇게 좋은 곳에서 뭐하러 나간다는 건지 이해할 수 없었던 나채환이 의아한 듯 묻는다.

"내가 좀 딸린 식구가 많아서, 뭐 하나 하려고 해도 여간 간섭이 심해야지."

"딸린 식구?"

진가장은 아버지와 유청이 형과 유청이, 이렇게 단출한 세 식구라 들었는데……?

"너네도 봤잖아. 참견장이 거지 할아버지에, 무게 잡지만 말은 많은 노스님에…… 우리 순둥이에……."

손가락을 펼친 진유청이 숫자를 세어 나가는데 아무래도 열 개론 모자랄 모양이다.

정말 많긴 많았다.

나채환과 권오현은 솔직히 놀랐다.

유청이의 입에서 흘러나오는 이름들의 면면도 그러했지만, 그보다는 단 한 명만 만나도 인생이 바뀔 수 있는 계기를 줄 만한 이들이 즐비하게 곁에 있음에도 다른 사람에게 영향을 받지 않고, 오직 스스로 원하는 바만 착실히 이행해 나가는 저 녀석이야말로 대단하지 않은가.

그래도 가출은 좀…… 아닌 거 같긴 하지만…….

"근데 나가서 뭐할라고?"

권오현의 물음에 진유청의 입꼬리가 삐죽 솟구쳤다.

나가면 할 게 한두 개냐!

자유를 누리며 기루에 가서 향긋한 술 한 잔을 마시며 포동포동한 기녀 허벅지 위에 손을 올리고, 왈패들과 함께 왁자지껄한 도박판에서 돈 꾸러미를 던져 한 판 크게…….

할 수 있으면 얼마나 좋을까, 그치?

솟구쳐 있던 입꼬리가 땅을 향해 서서히 내려온다.

진유청이 아쉬운 듯 입맛을 다시며 대답했다.

"북경으로 가려고."

"북경?"

"응. 거기 내 친구가 있거든. 부탁 하나 할 게 있어서."

형수를 찾는 일을 거지 할아버지가 아닌 하노에게 부탁하기로 마음먹었던 건 이 일이 아버지나 형의 귀에 들어가선 안 되기 때문이다.

그런데 일이 어찌 꼬이려는지…… 하노에겐 부탁을 하기는커녕 무림맹을 털어 한몫 크게 챙기려는 하노의 마음을 어떻게는 돌려 그와 하오문을 시옥 문턱에서 꺼내 와야 할 처지가 되었다.

게다가 개방은 소림, 무당과 함께 동심회의 일에 관심을 갖고 자꾸 끼어들고 싶어 하니, 그렇지 않아도 조심스러웠는데 더욱 부탁을 하기 어려워졌다.

무림과 연관이 있는 곳 중에서 자신의 손이 닿는 곳에 선을 대면서 이현 형님이 모르게 하기란 사실상 불가능한 것이다.

아무것도 모르는 이현 형님이 형수에게 좋지 않은 감정

을 갖고 있을 때, 자신이 하는 일이 문제가 되어 오히려 더욱 반감을 갖게 된다면 그거야말로 큰일 아닌가.

그래서 생각해 낸 것이 바로…….

"사람 찾는 덴 역시 거지랑 점소이 다음으론 포졸이지."

진유청이 나직하게 중얼거렸다.

잉어들이 용이 되기 전까진 고이고이 키워야 하니 등쳐 먹거나 곤란하게 할 일은 하지 않으려 했지만, 이건 좀 큰 문제라서…….

형부상서인 경찬이 아버지가 유청이 자신을 좀 예뻐라 하시니 무리가 되지 않는 범위 안에서 부탁을 드려 볼 작정이다.

덤으로 황궁 돌아가는 사정도 좀 들어 보고.

걱정이 되는 부분은 저번에 헤어질 때 북경에서 만나면 진지한 대화를 깊게 나눠 보기로 호언장담했었다는 것이다.

괜히 그랬어, 괜히 그랬어! 이놈의 입이 문제라니까.

그때는 자신이 깨끗하게 우화등선해 버리기로 작정을 했을 때라, 이렇게 땅에 남아 다시 보게 될 줄 알았나.

"혼자 북경까지 어떻게 가려고?"

권오현은 걱정이 끊이질 않았다.

"내가 왜 혼자야. 채환이가 있는데."

"채환이?"

'언제 나 몰래 유청이 가출 계획을 듣고 동참하기로 한 거야?' 하고 배신감 느껴지는 얼굴로 권오현이 나채환에게 고개를 돌리는데…….

"내가 왜?"

나채환으로서도 금시초문인 얘기인 모양이다.

"채환이 너는 나랑 같이 가자."

진유청은 아직 어린 강아지 한 마리를 달랑 놔두고 무림학관을 혼자 떠나기가 영 찜찜했다.

나채환의 표정이 묘해진다.

즉각 대답이 나오지 않자 진유청이 재차 말했다.

"여기 있어 봤자 뭐할 거냐. 공부에도 무공에도 관심 없는 녀석이. 그냥 나랑 같이 세상 구경이나 하자. 등 따시고 배부르게는 해 줄게, 무림학관만큼은."

"그럼 나는?"

권오현의 얼굴에 '설마 나한테도 같이 가자고 할 건 아니지?' 하고 걱정하는 기색이 보이자 진유청이 피식 웃는다.

"넌 집에서 걱정하잖아. 무림학관을 떠나서 돌아다니는 걸 네 어머니가 아시면 쓰러지실 거 아냐. 그냥 여기서 강교두님께 열심히 수련해. 어차피 모든 도는 하나로 통하는 거니까 중급 검술로 절정 고수가 되지 말란 법은 세상에 없다. 뭐든 반복 훈련이 중요한 거야, 반복 훈련이."

반복 학습과 반복 훈련에 재미를 붙인 진유청이었다.

효과가 확실했으니 당연한 일이겠지만.

진유청의 말에 안도하면서도 한편으론 좀 섭섭했던 권오현이 나채환을 가리킨다.

"채환이는 집에서 걱정 안 해?"

……이 눈치도 없는 녀석.

진유청이 슬쩍 권오현을 쏘아보는데, 나채환이 입을 열었다.

"난 집이 없다."

하북 나가장이 본가 아니었냐고 물으려는 권오현을 사나운 눈빛으로 저지한 진유청이 고개를 끄덕인다.

"그래, 세상 사람 누구나 다 돌아갈 집이 있는 건 아니니까."

진유청은 더 이상 뭔가를 캐묻지도, 썰렁한 분위기를 복구하려 어색한 농을 권오현과 주고받지도 않았다.

진유청 자신도 과거 진가장으로 돌아가기 싫어 무림학관에 오래도록 머문 적이 분명 있었다.

그건 좋을 것도, 나쁠 것도 없이 그냥 그렇다는 사실 중 하나일 뿐.

특별히 동정하거나 위로하지 않는다. 당연한 사실에 특별한 배려는 필요 없으니까.

그저 있는 그대로의 나채환을 받아들이면 된다.

그가 말하고 싶은 만큼, 말하는 만큼에만 귀를 기울이며.

그게 바로 나채환이 말하지 않았음에도 그의 상처를 알고 있는 자신이 가져야 할 옳은 마음이라 진유청은 생각했다.

"어떻게 할래, 갈래?"

진유청이 나채환에게 묻자, 나채환이 이번엔 고민 없이 고개를 끄덕였다.

"그래."

강아지 한 마리 꼬드기기 성공!

이제 남아 있는 닭은…….

진유청이 품을 뒤져 목영 선사가 준 염주를 꺼내 든다.

하방 애들한테 달달 볶일 때 꺼내 쓰려다가 만 거다.

애들의 괴롭힘이 못 참을 수준도 아니었고, 보여 준다고 해서 믿을 거 같지도 않고, 안다고 해도 모른 척하고 계속 그 지랄을 할 거 같기에 그냥 놔뒀다.

그랬던 게 지금은 뭐 얼마나 다르겠냐고 한다면, 진유청은 확연히 다르다 자신 있게 대답할 수 있었다.

왜냐하면 일전 무림맹 총회 때 소림 방장 일행이 무림학관으로 직접 찾아와 진유청을 지목하여 만남을 가졌을 정도로 인연이 있다는 걸 모르는 이가 없어졌으니까.

그 후광에 더해 목영 선사의 염주라…….

아무리 하방 수련생들이라 해도 함부로 하긴 어려울 거다.

그러니…….

"옜다, 오현아."

진유청이 염주를 오현이에게 던져 준다.

'이게 뭐지?' 하는 얼굴로 염주를 두 손으로 받아 낸 권오현이 고개를 갸웃거린다.

"우리 없다고 누가 괴롭히면 써먹어라. 목영 선사님의 신물이다."

'이게 뭐야 하던 권오현의 눈동자가 휘둥그레진다.

"뭐?"

"잘 간수해. 하나밖에 없는 건데, 잊어버리고 다시 달래도 난 모른다."

아, 아니, 그런 말이 아니라…….

"나중에 목영 선사님이 어디서 났냐고 하면 이런저런 사정으로 유청이가 줬다고 하고. 그러면 다른 말은 하지 않으실 거다."

목영 선사가 진유청 자신에게 준 마음을 자신이 써 버리면 빚이 돼 쌓이지만, 다른 사람을 위해 사용하면 그건 목영 선사는 물론 자신이 베푼 이에게까지 덕이 돼 사라진다.

보기에도 좋고, 쓸모도 있고, 양쪽으로 생색도 내고.

이거야말로 일석삼조!

진유청이 아주 좋아하는 효율적인 방법이 아닐 수 없다.

"나중에 두들겨 맞고, 뒤에서 해코지당하고, 질질 짜지 말고. 고두희한테 한 거처럼 했다간 쟤넨 정말 혀 깨물고 죽을 테니, 행여나 한 번 효과 있었다고 두 번은 시도하지 마라. 알았냐?"

진유청의 으름장에 이런 걸 어떻게 받냐며 염주를 돌려주려던 권오현의 손에 힘이 들어간다.

'그래도 싫으면 말고' 라고 어깨를 으쓱거리며 염주를 받아들려던 진유청이 염주를 자신 쪽으로 잡아당기려 했지만……

꾸욱!

권오현의 손끝이 하얘진다. 저 정도면 억지로 잡아당겼다간 염주가 끊어지리라.

진유청이 먼저 손을 털었다.

그래, 너 다 먹어라. 어차피 준다고 했던 거 아니냐.

"고마워, 유청아."

어차피 대부분은 유청이 너 때문에 일어난 사달이긴 하지만……

"뭘, 이런 거 갖고. 나중에 대붕이 돼서 다 갚으렴."

"대붕?"

"응. 닭은 자라면 대붕이 된다더라."

진유청은 가끔 저렇게 뜬금없는 말을 잘했다.

자신과 처음 친해졌을 때도 '강아지는 자라 뭐가 되지?' 이런 이상한 말을 정한수, 나채환과 함께 머리맡에서 도란

도란 나누더니, 요즘은 종종 채환이를 보며 '저걸 언제 키
워 천마가 되게 하지?' 이러고 있다.

그냥 말만 그러는 게 아니라 유청이 녀석, 입맛도 다시고
입에서 꿀꺽꿀꺽 침 넘어가는 소리도 들리는 걸로 봐
선⋯⋯.

왠지 잡아먹으려고 기다리고 있는 거 같다.

'에이, 설마⋯⋯.' 라고 생각은 하지만 왜 오돌토돌 소름
이 돋는 건지.

권오현이 어색하게 웃으며 고갤 끄덕였다.

"그, 그래. 나중에 대붕이 되면 은혜를 갚을게."

닭죽 끓이겠다며 달려들지만 말아 줘.

권오현이 일단 염주를 품에 집어넣었다. 닭죽은 아직 먼
훗날의 일이었지만 하방 수련생들의 얼굴을 보는 건 당장
내일이라도 있을 수 있는 일이니까.

"언제 가?"

나채환이 가출 감행 일자를 묻는다.

"오늘."

진유청이 대답했다.

"오늘?"

나채환이 어이없다는 듯 되묻는다.

몇 달을 아무 준비도 없이 내내 빈둥거리다가⋯⋯. 아침
까지 퍼 자고, 이제 막 일어나서 밥 처먹고 하는 말이 '좀

있다 가출할 거야 라니…….

정신이 있는 거니, 없는 거니, 응?

하지만 진유청은 둘의 시선은 전혀 개의치 않고 제 할 말만 했다.

"난 이 길로 밀렸던 일 좀 보고 올 테니, 채환이 너는 오호에 가서 대충 필요한 거 좀 챙겨 놔라."

"가출에 필요한 게 뭔데?"

집을 버리고 떠나자마자 무림학관에 들어온 나채환도 가출은 처음이다.

가출엔 대체 뭐가 필요한지 감이 안 온다.

진유청이 진지한 눈으로 나채환을 바라본다.

"가출할 때 제일 필요한 건…… '금'이다."

금(金), 혹은 전(錢).

한마디로 돈이 최고란 거다.

자신이 좀 오래 살아 봐서 아는데, 바깥세상은 돈 있으면 살기 편한 좋은 세상이고, 돈 없으면 할 수 있는 것도 할 수 없게 되는 더러운 세상이었다.

북경까지 가는 길이야 진유청 자신이 빠삭하게 알고, 노숙부터 시작하여 여행까지 안 해 본 경험이 없으니 돈만 부족하지 않으면 문제될 게 없을 거라 여겼다.

"우리 앞길은 탄탄대로다!"

진유청이 나채환에게 눈을 빛내며 말한다.

“그……러냐…….”

너무 자신만만한 모습에 나채환은 오히려 왠지 모를 불안함에 휩싸였다.

“그럼 난 일 보고 방으로 들어갈 테니, 너네도 어여 준비해!”

“응, 이따 보자.”

어쨌건 인사는 하고.

진유청이 젓가락을 내려놓고 휑하니 일어나자 탁자 위가 조용해진다.

대신…….

“재, 재앙이다!”

“옆에 있다간 같이 똥물 뒤집어쓸지도 몰라, 피하자.”

진유청이 가는 길 좌우에 앉아 있던 아이들이 의자를 끌며 슬금슬금 옆으로 피하는 소리가 여기저기서 들려왔다.

“채환아, 가지 마. 그냥 나랑 있자.”

권오현이 걱정스런 얼굴로 나채환의 손을 꼭 잡는다.

“죽으러 가는 것도 아닌데, 뭐.”

나채환이 제 손을 슥 빼내며 권오현에게 말했다.

“그게 더 문제야. 죽으러 가는 거야 그럴 만큼 큰일이 있는 거겠지만, 유청이와 가출이라니……. 어떤 사건, 사고가 터질지 짐작도 안 가.”

학관에 있는 일 년 좀 넘는 시간 동안 유청이가 해 놓은 짓을 보라.

애들이 왜 유청이를 재앙(災殃)이라고까지 부르는지 이해가 간다.

비단 부학장이 바뀌고 진유청과 대립하던 아이들 몇의 앞날이 암울해진 까닭만은 아니다.

진유청의 등장으로 인해 무림학관에서 하방 수련생들의 위치가 크게 흔들리게 됐다.

하방 수련생들이 진유청을 괴롭히며 행한 유치하기 짝이 없는 행동은 중방, 상방 수련생들을 껄끄럽게 했고, 후에 전혀 뒷배라곤 없다는 듯 제몸 하나로 모든 괴롭힘을 막아내던 진유청이 사실 쟁쟁한 인물들과 인연이 있었다는 게 밝혀졌을 땐…….

모두 경악하면서 감탄했다.

가진 걸 드러내어 압박을 주고, 힘을 행사하시 않는 이도 있다는 걸 상방 수련생들은 처음 알았다.

가문과 배경 없이 맨몸뚱이로도 하방 수련생들 앞에서 당당할 수 있다는 것 또한.

의식의 전환.

몰랐던 걸 알게 되자 거기서부터 시작하여 진유청과 하방 수련생들 사이에서 많은 것이 비교된다.

그리고 사고의 확장.

무림학관 내의 구조와, 더 나아가 앞으로 자신들의 머리 위에서 놀 하방 수련생들에 대한 불만이 조금씩 가슴에 쌓이고 문제가 제기된다.

아직은 손톱보다 작은 새로운 씨앗 하나가 뿌려진 정도지만…… 그 씨앗이 자라 뿌리를 뻗고, 그 뿌리가 흙을 한 주먹씩 쥐고 땅을 헤집지 않을까.

만약 그런 잡초가 한 포기, 두 포기…… 몇십, 몇백 포기가 있다면 어떻게 될까?

잡초를 뽑으려 들면 흙이 같이 뒤엉켜 지면이 엉망으로 파여지게 될 거다.

권오현이 몸을 부르르 떤다.

격앙된 건지, 아니면 두려워하는 건지 모르게 낯빛은 붉게 상기돼 있다.

"야, 왜 그래?"

나채환이 그런 권오현의 옆구리를 쿡 찍으며 묻는다.

……너는 '쿡' 이지만 당하는 나는 '쿠아악' 이거든?

권오현이 혼자만의 상념에서 빠져나와 옆구리를 부여잡았다.

아프긴 하지만 그렇다고 광견 나채환에게 버럭버럭 화를 낼 수는 없지 않나.

추켜 올라가던 눈초리를 슬그머니 내리며 권오현이 친절하게 대답해 줬다.

"그냥 유청이는 자라서 뭐가 될까 궁금해서."

뭔가 큰 놈이 될 거 같긴 한데……. 어떤 큰 놈이 될까.

"별 게 다 궁금하다."

나채환이 무표정한 얼굴로 얘기하다 말고 피식 웃는다.

"아마 더 큰 재앙이 되지 않겠어? 지금 이 정도면 앞으론 중원 전체를 집어삼킬 정도로 아주 큰 재앙."

말 되는군.

권오현이 동의하면서도 한편으론 불쌍하단 눈으로 나채환을 힐끔거렸다.

채환이 바로 네가 앞으로 중원을 집어삼킬 큰 재앙과 함께 먼 길을 떠나야 하는 불쌍한 놈이잖아…….

권오현은 머릿속에서 집에서 보내 준 비상금을 떠올린다.

유청이가 가출하면 제일 필요한 게 돈과 금이라고 했으니, 먼 길 가는 친구들을 위해 아낌없이 쓰리라.

……이제 상방 오호는 나 혼사 남는 건가?

권오현이 어딘지 모르게 외로운 얼굴로 중얼거렸다.

하노에게 마지막 인사를 하려던 진유청은 반대편에서 걸어오는 파리한 안색의 깡마른 수련생을 물끄러미 바라본다.

위험한 거 아냐?

가는 바람 한 줄기에도 이리 휘청, 저리 휘청.

곧 죽어도 이상하지 않을 것 같은 미약한 기운까지 더해지니……. 저거 괜찮은 거야?

위태로운 분위기의 수련생이 진유청의 코앞까지 다가서
자 진유청이 '흡' 하고 숨을 들이마시며 걸음을 멈췄다.
　자신의 한 줌 숨에도 뒤로 나자빠질 것처럼 느껴졌기 때
문이다.
　왠지 느낌이 안 좋아…….
　한동안 서로 눈을 마주하던 두 아이 중, 먼저 움직인 쪽
은 진유청이다.
　그리고 진유청이 물러나자마자…….
　"쿠웨에에엑!"
　맞은편에 있던 수련생이 토악질을 해 대기 시작했다.
　"헉…….."
　그냥 있었으면 저 토사물을 그대로 얼굴로 받아야 했을
게 아닌가.
　왠지 머릿속에 이와 비슷한 장면이 그려질랑 말랑 하는
게…….
　언제 이런 일이 또 있었나? 아니면 꿈에서라도 본 건가?
　"퀘에엑!"
　내장까지 토해 낼 기세로 몸을 반으로 접으며 격렬하게
토를 하는 수련생을 그냥 두고 갈 수 없어 진유청이 등이라
도 쳐 주려 다가가 손을 올리는데…….
　아뿔싸.
　풀썩!

앞으로 고꾸라질 듯 기울이고 있는 상체에 그저 손을 올렸을 뿐인데! 그랬을 뿐인데!

이 수련생이 제 녀석이 토해 놓은 것 위로 얼굴을 박으며 쓰러지는 것이 아닌가!

주변을 휘휘 둘러보니 아무도 없다.

버리고 갈까?

심각하게 고민했으나 차마 그럴 순 없었다.

그으윽, 그으윽!

바닥에 뭔가가 쓸리는 소리가 지속적으로 이어진다.

하늘을 본 자세 그대로 편안히 누워 기절해 있는 수련생 녀석의 목깃을 잡은 진유청이 땀을 뻘뻘 흘리며 녀석을 끌고 가고 있었다.

내가 하노에게 가던 길이니, 너도 거기 갈 팔자였나 보다.

또로록.

진유청의 이마에서 또 한 방울의 땀이 바닥으로 떨어져 내렸다.

바삭바삭.

진유청이 과자를 베어 물고 우물거린다.

"차를 한 잔 내오겠습니다."

하노가 자리에서 일어나서 부엌으로 간다.

진유청은 오늘 하노의 마음을 마지막으로 돌리려 했다.

과연 어떻게 해야 하는가?

자기 스스로 선택한 것이라면…… 그것이 아무리 파멸로 향하는 길일지라도 두고 보는 게 맞지 않을까?

그게 내 인생이 아닌 이상, 내가 두드려 패서 바꿀 수 있는 운명이 아닌 이상.

부엌문을 응시하고 있는 진유청의 머리 위에 반투명한 빛이 일렁이더니 뿌옇게 번진다.

허억!

진유청이 눈을 비볐다.

이게 어찌 된 거지?

분명 부엌문을 바라보고 있던 자신이 어떻게 하노가 부엌 안에서 고급스러운 종이를 펼쳐 찻잎을 꺼내는 걸 볼 수 있었을까?

자신이 본 건지, 느낀 건진 알 수 없지만 사방에 흐르는 기운이 자신의 손바닥 위에 올려진 것처럼 선명했다.

자신이 보고 닿은 모든 공간이 진유청의 것인 듯, 그가 '후' 하고 입김을 불면 기운을 흐트러트리고, '스읍' 하고 기운을 들이키면 빨려 들어온다.

동화되어 조화를 이룬다란 말이 이보다 더 자연스러울 수 있을까.

이제 뒤에서 내 욕하는 놈이 누군지, 단번에 알 수 있겠군. 그거 하나 알아내고자 혼을 쑥쑥 뽑아내다간 그대로 훅 갈지도 모르지만.

진유청이야 혀를 차지만……. 그가 이뤄 낸 것은 가히 놀랍지 않을 수 없는 경지였다.

진유청은 모르겠지만 그가 입김을 불어넣은 꽃은 더욱 생생히 빛깔을 더하고, 그가 기운을 빨아들인 풀은 금세 시들어 이파리를 떨어트린다.

“흡, 흡!”

진유청이 콧바람을 세게 들이마셨다. 몇 번이고 계속.

자연의 기운이라, 많이 빨아들이면 뭔가 좋은 거라도 있나? 시험해 보기 위해서다.

그때 갑자기 평상 뒤편에 널브러져 있던 수련생에게서 숨넘어가는 소리가 들려왔다.

“허억!”

진유청이 놀라 고개를 돌리니, 새파란 안색이 완전 시커멓게 변한 수련생이 제 목을 잡고 켁켁거리고 있지 않은가.

“뭐, 뭐야!”

진유청이 놀라 외치자 부엌에 있던 하노가 뛰어나온다.

“무슨 일이십니까?”

진유청은 어찌할 바를 몰라하다가 자신이 조금 전 들이마셨던 기운을 고대로 뱉어 냈다.

“훅, 훅, 훅!”

"뭐하시는 겁니까, 진 공자님."

이런 때에 장난질이라니!

하노가 당황하여 묻지만 진유청은 아무 소리도 귀에 들어오지 않았다.

일단 모두 뱉어 내고 나니 수련생의 안색이 눈에 띄게 좋아졌다.

쌕쌕거리던 거친 숨소리도 조금은 잦아들고.

나머지는 원래 저랬으니, 진유청 탓은 아닐 거다.

어쨌거나 해결하고 나니 이제야 기가 찬다.

"으아아……."

뭐야, 이거.

진유청이 난감한 얼굴을 한다. 내가 남의 생명을 빨아들인 거야?

구덩이 파기에, 멀쩡한 하늘에 벼락 불러들이기에, 이젠 남의 기운 빨아먹기까지?

뭐 이런 빌어먹을 비급이 다 있어!

과거로 돌아갈 수만 있다면 진유청이 제일 먼저 할 일은 남궁혁 개자식을 밟아 놓는 게 아니라, 손에 들고 있는 불귀곡 비급을 박박 찢어 불쏘시개로 사용하는 것이리라.

왜 수련을 더 안하는 데도 진도가 나갈까?

그냥 평범하게 살아간다는 그 자체가 도(道)를 이루고, 깨닫는 과정이기 때문인 건가.

"그런데 아까부터 궁금했는데, 대체 이 공자님은 누구입니까?"

하노가 검지로 진유청이 질질 끌고 와 평상에 내팽개친 수련생을 가리킨다.

하마터면 자신의 집에서 송장 치울 뻔했단 생각을 했는지 하노의 얼굴이 영 찝찝해 보인다.

"확실하진 않은데, 아마 중방의 사견인 거 같아요."

곧 죽을 것 같은 강아지라면 학관에서 그 녀석뿐이다.

위협을 느끼면 자해를 시작하는 불쌍한 강아지이지만, 눈 돌아가면 자기 스스로의 안위는 물론이요 주변 사람들도 절대 좋은 꼴은 못 본다고 들었다.

상방의 광견, 하방의 소견을 다 만났는데, 중방의 사견만 어째 눈에 안 띈다 했더니만……. 너무 몸이 안 좋아 길 가다 쓰러져 비명횡사라도 할까 싶어 방에서 잘 안 나온다고 하는 거다.

대체 그 몸으로 왜 무림학관에 왔는지 많은 아이들이 궁금해했지만 그 속사정까지 알아낸 아이는 없었다.

그런 사견을 학관 마지막 날, 하노에게 가는 길에 마주쳐 이곳까지 데려왔으니…….

"하노가 책임져야겠어요."

진유청이 손을 턴다.

"제가 왜 저 공자님을 책임집니까?"

“이것도 인연이니, 혼자 적적하지 않게 강아지 한 마리 들여놓으세요. 나이 들면 원래 뼈마디도 쑤시고 도둑질하기에도 손이 굼떠지잖아요.”

하노의 눈이 커진다.

진유청이 돌려 가며 몇 번 언급한 적은 있어도 이렇게 대놓고 하노에게 말한 적은 없었기 때문이다.

“뭘, 놀라고 그래요.”

진유청이 평상에 엉덩이를 붙이고 앉아 너무 태연자약하게 하노에게 말했다.

“차 안 가져다주세요? 너무 우리면 써져요.”

싸늘하게 굳어 주름이 두 가닥 짙게 잡힌 눈매로 진유청을 살피던 하노가 결국 한숨을 쉬며 차를 가지러 부엌에 갔다 온다.

후룩!

진유청이 뜨거운 차를 한 모금 마시고는 단 과자로 텁텁했던 입안을 헹궜다.

“어찌 아셨습니까?”

“뭘요?”

“제가……”

차마 스스로 제 입으로 도둑이라곤 못 하겠다.

“언젠가 크게 욕심을 부려야 할 일이 있으면, 예전에 제가 한 말을 기억해 주세요. 하노가 잃어야 할 게 하노의 생각보다 훨씬 많다는 것을 잊지 마시고요."

진유청이 금세 다 마신 찻잔을 평상 위에 내려놓는다.

제법 시간을 들여 서로를 알고 호의를 만들었다.

그 호의에 기대 그를 위한 충고를 했으니, 이제 받아들이고 받아들이지 않고는 하노의 선택.

진심을 담아 몇 번의 말을 했으니 진유청은 제 할 도리는 다한 거다.

그래도 혹시 모르니 인연이 이어진 짐덩이 하나를 얹어둔다.

왠지 감이 왔으니까.

"이 녀석도 잘 챙겨 주세요. 나중에도 잘 안 낫는 거 같으면 진가장 우리 집에 가서 아버님께 의원 한 명 소개해 달라고 하세요. 기절한 녀석 깨우는 데는 도통한 의원 한 분이 인근에 계시거든요."

진유청이 하노에게 당부했다.

하노는 멍하니 서 있느라고 진유청의 말을 들으며 그냥 고개만 끄덕이다가, 진유청이 조금 멀어진 뒤에야 깜짝 놀랐다.

"그게 무슨 소리야? 나보고 이 녀석 뒷바라지를 계속하란 건가?"

하노의 눈이 평상에 널브러져 있는 파리한 안색의 어린 아이에게 향한다.

"내일 보면 다시 얘기 좀 해 봐야겠군. 대체 뭘 아는지, 어디까지 알고 있는지에 대해."

하노의 눈에 비친 진유청이 천진한 어린아이 같으면서도 어딘가 모호한 구석이 있고, 정곡을 찌르면서도 은근히 돌아가는 노련함이 있었다.

"설마 하오문에 첩자라도 있는 건 아니겠지."

하노가 이를 사리문다.

"끄응……."

사견의 신음 소리가 들리자 하노가 그에게 고개를 돌렸다.

저건 또 어쩐다.

정신도 차리지 못하는 녀석을 당장 깨워 돌려보낼 수는 없고……. 일단 방에서 재우고 내일 진 공자가 오면 데려가게 해야겠군.

"이영차!"

하노가 사견을 어깨에 들쳐 메며 추임새를 넣는다.

진짜로 힘이 든 것도 아닌데, 이것도 버릇인지 자꾸 하다 보니 입에 붙은 모양이다.

"어찌 이리 가볍누."

눈살을 찌푸린 하노가 나뭇가지처럼 앙상하고 가벼운 사견의 무게에 혀를 차며 방 안으로 들어갔다.

그리고 그는 그날 자신의 선택에 대해 그 이후 평생 혀를 찼지만 후회하진 않았다.

하노의 처소를 나온 진유청은 바로 상방 오호로 가지 않고 이번엔 하방 숙소로 갔다.

하방 숙소 입구에 드러누운 진유청이 오고 가는 수련생들을 날카로운 눈으로 째려본다.

'저게 미쳤나' 하는 얼굴로 진유청을 힐끔거리는 아이들은, 그럼에도 불구하고 감히 진유청을 건드릴 수 없었다.

저건 똥이다, 아주 거대한 똥.

저만한 똥을 밟으면 어찌 되는지 아나? 같이 똥통에 빠진 꼴이 된다.

아이들이 슬슬 진유청을 피해 가다 보니 진유청 인근은 자리가 널널하고, 아이들은 벽에 바짝 붙어 움직이는 형상이 된다.

저녁이 시작돼 식사를 하거나 수련을 끝마치고 오는 아이들이 많아지니 진유청 하나로 인해 입구가 더욱 붐빈다.

"야, 누가 가서 저거 좀 치워라."

화산의 맹진경이 인상을 찌푸리며 하는 말에 날 선 시선이 쏟아진다.

니가 치우면 되지, 왜 남의 손에 똥을 묻히려 들어!

친구들의 험악한 눈초리에 맹진경이 다음 말을 툭 뱉어내려다 말고 꿀꺽 삼켰다.

"일어나지. 보기 안 좋군."

그나마 진유청과 안면이 있는 사도진이 하방 아이들을 대표해 나섰다.

그는 진유청이 남궁혁을 습격했을 거라 생각했던 사람 중 하나였고, 그래서 진유청과 거리를 벌렸었다.

자신이 잘못 판단했을지도 모른다는 생각이 든 건 근래이고, 장문인이 친히 사도진을 불러 진유청과 친하게 지내며 그 아이에 대해 알아보라 하셨을 때부터 뭔가 엇나갔단 생각을 하기 시작했다.

무림맹 소속임이 분명하지만 왕래가 드문 소림의 방장과 장로, 그리고 개방까지 인연이 있다는 진유청이 웃어른들 사이에서 제법 관심 있게 회자되는 모양이었다.

"어? 이번엔 뭐하냐고 안 물어보는 걸로 봐선…… 내가 뭘 하고 있는지 확실히 아나 보군."

진유청이 씨익, 흰 이를 드러내며 웃는다.

그렇다. 자신은 하방에 와서 배 째라고 드러누운 참이다.

쉽게 말하면 강짜를 부리는 중.

"유청이 너한테 좋을 게 하나도 없는 상황이다."

사도진의 충고를 진유청은 거절했다.

"어차피 내가 이래도 저래도 너네는 나 씹을 거잖아. 안 그래?"

어차피 와서 두드려 부수고 싸운 것도 아니고, 그냥 학관

내 아무 땅에서나 좀 드러누웠을 뿐이다.

죄가 될 것도 없고, 문제가 일어날 소지도 없다.

밖이 소란스럽자 안에만 처박혀 있던 남궁혁이 문을 열고 나왔다가 진유청을 보고 안색이 굳는다.

"여어, 반갑네? 잘 지냈어?"

진유청의 인사에 남궁혁이 입술을 질끈 깨문다.

남궁민 대공자가 왔을 때 남궁세가로 같이 돌아가려 했지만, 남궁민이 허락해 주지 않아 이곳에 남아야 했던 자신의 처지가 처참했다.

형은 왜 저런 쓰레기 같은 놈에게 관심을 주는 걸까?

그것도 이전보다 더욱 크게.

남궁혁의 눈동자가 흔들렸지만 진유청은 아무렇지도 않았다.

진유청이 바닥을 데굴거리며 일어날 생각을 안 하자 남궁혁이 물었다.

"뭘 원하지?"

진유청이 고개를 젓는다.

"원하긴 뭘 원해?"

"그러면 왜 거기 그러고 있지?"

"그냥."

너희가 별다른 이유도 없이 날 싫어했던 것처럼 나도 그냥. 아무 이유도 없다.

다만…….

"너무 고민하지 마. 곧 가출할 예정이니 금방 네 눈앞에서 사라져 줄 거야."

진유청이 어깨를 으쓱거리며 말하자 남궁혁이 조금 놀란 듯하다.

"가출이라……."

"응. 그런데 가진 게 너무 없네. 나가서 갈 데도 없고, 귀찮은데 그냥 여기 눌어붙을까……."

진유청이 일부러 느릿하게 말을 하며 보란 듯이 주머니를 뒤지더니 빈 주머니 속을 거꾸로 빼낸다.

"하아, 귀찮아. 그냥 나중에 할까. 가출은 사실 아무 때나 할 수 있잖아. 그렇지 않아, 남궁혁?"

진유청의 말에 남궁혁이 이를 으득 깨물더니 말아 쥔 손을 부르르 떨었다.

그가 방으로 들어간다.

달그락거리는 소리가 들려오더니 밖으로 나온 남궁혁이 비단 주머니 하나를 진유청을 향해 던졌다.

타악!

비단 주머니 속엔 묵직한 게 들어 있는지 땅바닥에 떨어지며 제법 큰소리가 난다.

"들고 가라."

더러운 자식!

남궁혁은 당장 자신의 눈앞에서, 그리고 무림학관에서 저놈만 치울 수 있다면 아무것도 아까울 게 없었다.

"뭐 이런 것까지……."

진유청이 히죽 웃으며 발끝으로 주머니를 툭 차올리더니 상체를 일으켜 손으로 잡는다.

그리고 다시 남궁혁의 발치로 던졌다.

"좋게 주면 받아 줄 용의도 있지만, 더럽게 주면 나도 그냥 말란다. 내일 아침에도 여기서 나와 인사하느라 뒷간도 못 가던가, 말던가."

진유청이 하품을 늘어지게 한다.

나름대로 깔끔한 성격상 맨바닥에 나뒹구는 취미는 없지만, 필요하다면야 더한 거라도 못 할까.

남궁혁이 허리를 굽혀 주머니를 집어 든 뒤 천천히 진유청에게 나가갔다.

당장 목을 졸라 버릴까, 검을 뽑아 베어 버릴까 고민하는 기색이 역력하다.

하나…….

진유청의 검은 눈동자가 남궁혁과 눈을 마주치는 순간, 온몸을 조밀한 그물이 죄어들어 오는 것처럼 답답하고, 손가락조차 까딱하기 힘들어졌다.

식은땀을 흘리며 남궁혁이 주머니를 내민다.

"고마워라."

진유청이 헤실헤실 웃으며 주머니를 받아들더니 남궁혁
에게서 고개를 돌렸다.

"다음은?"

'드디어 진유청이 가는구나' 하고 기대하던 하방 수련생
들의 얼굴이 일그러진다.

무슨 다음?

"내가 맞고 괴롭힘당한 게 남궁 공자한테만은 아닌데 말
이야. 안 그래, 맹진경?"

히죽, 말아 올린 입가로 보이는 흰 치아가 반짝반짝했다.

맹진경은 절대 뭔가를 줄 마음이 없었으나, 조용한 분위
기 속에서 자신의 이름이 호명되자 홀린 것처럼 몸을 뒤져
금붙이나 검 장식을 꺼내 들었다.

자신이 뭘 하는 건지도 모르면서 넋을 놓고 움직인다.

"내 품은 넓고, 주머니는 그보다 더 넓으니까 걱정하지
말고 다 꺼내도 돼."

진유청이 밝은 어조로 말했다.

이 버르장머리 없는 애새끼들, 오늘은 이걸로 끝이지
만……. 다음에 또 보게 돼서도 그 모양이라면, 그땐 못된
버릇을 꼭 고쳐 주마.

내 엉덩이에 불이 나는 한이 있어도!

타닥, 타닥.

진유청의 앞에 쌓여 가는 비단 주머니와 금자, 은자 들.

솔직히 진유청은 이 정도일지는 몰랐다.

무슨 애들이 돈 무서운 걸 모르고 저렇게 턱턱 내던진다냐?

그런 생각이 들자마자 진유청의 표정이 어두워지고 뭔가 못마땅한 듯 눈초리를 파들거린다.

"별로 날 안 보내고 싶나 봐? 아니면 계속 보고 싶던지."

나야 아쉬울 거 없지, 뭐.

진유청이 입맛을 다시자……

타다다닥!

돈 쌓이는 속도가 두 배로 늘어났다.

진유청의 마음도 덩달아 두둑해진다.

자, 가서 이 얘기 꼭 전하라고. 내가 너희들 공갈 협박 갈취해시 무림학관 뜬 기.

아마 무림학관 사상 전혀 유례없는 일일 테니……. 소림 방장님으로 인해 내가 얻은 관심도 금방 사그라지겠지.

어차피 내놓은 거 빨리 보내기나 하자 싶어 있는 걸 박박 긁어 던진 아이들이 진유청에게 눈으로 말한다.

어서 꺼져라. 제발 좀 가!

빈손으로 왔던 진유청이 기분 좋게 무거운 두 손으로 고개를 끄덕였다.

그래도 여기 와서 너희들과 놀아 준 거 일당은 두둑하게 받았네.

다음에 또 '놀자'.

그때는 내 방식대로.

진유청이 밝게 웃으며 총총걸음으로 상방 오호로 향하다
가……

아, 아니지!

할 일이 하나 더 남았었는데 까먹고 그냥 갈 뻔했네.

그러면 꼭 똥 싸고 밑 안 닦은 것처럼 찝찝하잖아.

히죽 웃는 진유청의 머릿속에 같은 상방 숙소 어딘가에
처박혀 있을 이효민과 장서춘의 얼굴이 그려졌다.

"준비 다 했지?"

문을 열고 들어서자마자 묻는 진유청의 말에 나채환이
반쯤 싼 봇짐을 들어 보인다.

"얼른 해라. 준비하라고 한 게 언젠데."

나채환이 의아한 표정을 짓는다.

다른 때였다면 지금까지 뭐했냐며 신경질을 냈을 게 분
명한데……?

"기분 좋아 뵈는 게, 묵은똥이라도 쌌나?"

평소와 다른 행동에 나채환이 은근히 돌려 묻는다.

하지만……

"어? 어떻게 알았어? 냄새가 여기까지 나?"

진유청의 말을 듣자 하니, 나채환이 의도치 않게 정답을 말한 모양이다.

"푸헤헤헤!"

웃음까지 터트리며 좋아 죽는 걸 보니 진짜 오래 묵힌 똥 덩어리였던가.

나채환이 진유청에게서 멀찍이 몸을 피한다.

"냄새 옮는다."

덤으로 바보병도.

진유청이 손사래를 쳤다.

"아직 다 못 쌌어. 오늘은 내 이 정도만 하고 가지만, 다음엔 꼭 무림학관 전체에 똥칠을 하고 말 테다."

평소의 진유청답지 않게 활활 타오르는 의지가 엿보여서 더 무섭다.

"……그러렴."

나채환은 진유청의 말을 무시하기로 했다.

"이거……."

똥 애기만 나오면 니 똥이건 내 똥이건 일단 작아지기부터 하는 권오현이 한쪽에 물러나 있다가 둘의 이야기가 일단락 나자 비상금 주머니를 진유청에게 내민다.

진유청이 반색하며 집어삼킬 거라 여겼던 권오현의 예상이 빗나간다.

"너 써. 용돈 해라."

‘원래 내꺼거든?’ 이라고 생각하면서도 반응이 낯설어 권오현이 고개를 갸웃거리자, 진유청이 피식 웃으며 입을 열었다.

“한몫 단단히 잡아 왔어.”

……대체 어디서?

진유청이 바닥에 쏟아 놓는 색색의 비단 주머니와 돈 들을 보고 깜짝 놀란 권오현이 마른 입술을 혀로 핥았다.

“너도 좀 줄까?”

진유청은 권오현이 주머니에 탐을 내나 싶어 하나 던져 주지만 권오현이 극구 거부했다.

“아냐, 절대 아냐!”

너의 범죄에 나는 절대 동참하지 않겠어!

“싫으면 말고.”

진유청이 어깨를 으쓱거리더니 주머니를 대충 봇짐 속에 넣고 단단히 어깨에 걸쳐 멨다.

“이제 갈까?”

인사는 짧게, 갈 길은 서둘러서.

여행의 기본이다.

나채환이 진유청 옆에 서고, 두 사람이 권오현에게 작별 인사를 한다.

“잘 지내. 나중에 또 보자!”

권오현은 이렇게 서둘러 갈지 몰랐는지라 눈물이 핑 돌

았다.

"벌써 가게?"

"응. 나가는 길에 새 부학장님한테 집에 일이 있다는 편지를 받았었는데 이제야 발견했다고 얘기도 해야 하니까."

'소림 방장님께서 건네주신 편지'라는 말을 덧붙이면 분명 외출을 허락해 주리라.

"그래, 잘 가."

권오현이 손을 흔들고, 두 아이들도 마주 손을 흔들며 멀어졌다.

문을 닫고 몸을 돌린 권오현의 눈에 연무장보다 더 넓어 보이는 상방 오호가 들어왔다.

第九章

가출! 진유청!

"욘석아. 한 수만 무르자."

진호철이 아들을 달랜다.

"……두시지요."

만만히 물러날 진이현이 아니다.

"오늘도 보고서 무게에 휘청거려 볼 테냐?"

치사하게 일 가지고 협박을 하시다니…….

진이현이 무표정한 얼굴로 싸늘하게 입을 연다.

"바둑을 입으로 두실 참이십니까, 아버님."

쳇! 하여간 애교라곤 눈곱만큼도 없이 무뚝뚝한 녀석 같으니라고.

진호철이 인상을 구긴다.

이럴 때엔 품에 안겨 어리광을 부리는 유청이가 더욱 보고 싶다. 그 녀석이 있었다면 아비인 자신의 편을 들어 제 형에게 한 수가 아니라 최소한 세 수는 물러…….

아니군.

유청이는 아비보다 형을 더 잘 따르니 지금 이현이 옆에 앉아 깐죽거리며 자신의 속을 긁어내리고 있을 게 뻔했다.

"흠, 흠."

진호철이 헛기침을 하며 흰 바둑돌 하나를 손에 쥔다.

앞으론 검은 바둑돌을 자신 쪽으로 돌려놓으리라 생각하면서.

탁.

진호철의 흰 돌이 바둑판 위에 놓였다.

탁, 탁.

진이현의 돌이 놓이자 진호철이 그가 세운 집을 허물며 빈틈을 노린다.

"량이는 어떠냐. 검술에 재능이 좀 있어 뵈더냐?"

바둑판에서 눈을 떼지 않고 꺼낸 진호철의 말에 진이현이 난색을 표한다.

왜 자신의 똑똑한 동생이, 조량에게 재능은 있는데 몸이 허약해서 안되겠다며 안타까워한 걸까?

조량이 거짓말할 녀석도 아니고, 그렇다고 자신의 동생이 흰소리를 할 아이도 아니지 않은가.

“좀 더 두고 봐야겠습니다.”

아들의 말뜻을 알아들은 진호철이 쓰게 웃는다.

자신도 처음엔 조량에게 특별한 재능이 있나 싶어 좋은 약을 먹여 몸을 보하게 하고 검술을 가르치려 했었다.

한데 문제는 조량의 허약한 몸이 아니라 무공과는 전혀 맞지 않는 머릿속에 있었던 것이다.

검 한 번 휘두르는데, 이걸 왜 이렇게 휘둘러야 할지에 대한 생각이 백 가지라면, 이걸 이렇게 휘두르지 말아야 할 이유를 천 가지씩 찾아 대니 검이 곧게 쭉 뻗어 나갈 리가 없다.

멈칫, 멈칫거리길 반복하다 검끝이 바닥으로 향하고, 결국에는 제 풀에 지쳐 쓰러지기 일쑤였다.

“머리 하나는 기가 막히게 좋은 데다, 단리 상단주님도 총애하시니, 굳이 검을 가르칠 필요는 없을 것 같구나.”

“……그렇긴 합니다만. 유청이가 그렇게 말한 데는 이유가 있지 않을까 생각합니다. 굳이, 고문서와 관련된 일은 맡기지 말고, 그런 쪽엔 관심 가지지 않도록 해 달라는 얘기까지 덧붙인 걸로 봐선 말입니다.”

“유청이, 그 도깨비 같은 녀석의 속내는 알다가도 모르겠다.”

아비인 자신이 이러니 남들은 오죽할까 싶다.

얼마 전, 무림맹 총회에 다녀오는 길이라며 잠시 들른 목영 선사는 유청이를 만난 이야기를 자세히 해 줬다.

듣는 내내 진호철은 가슴 졸이고 대견스럽고, 눈시울이 뜨거워져 참기가 힘들었다.

내 아들, 어찌나 잘 자라 주었는지.

특히나 동심회 회원들은 무림맹 소속이 아닌 분들도 있어, 그들의 동의를 얻지 않고서는 동심회 자체가 진가장의 기반이 되어 무림맹에 둥지를 트는 건 불가하다는 말을 했다고 했을 때는……

자신은 물론 이현이조차 놀라 뭐라 말을 하기 어려울 정도였다.

고 욕심 많은 녀석이 그런 말을 하면서 속으로 배가 얼마나 아팠을까 생각하니 웃음도 나고.

"잘 있겠지?"

누구라 얘기하지 않아도 된다.

마주 앉은 두 부자가 가장 마음속 깊이 생각하는 얼굴 하나가 동시에 그려지고 있으니까.

"잘 있을 겁니다."

"언제까지 학관에 있으려나. 목영 선사님 얘기로는 별다른 무공 수련도 하지 않고 있다고 하던데."

애초에 무공엔 관심 있는 아이도 아니고, 좀 더 넓은 세상을 보겠다며 무림학관에 갔으니 문제 될 건 없지만, 그렇다면 꼭 학관에 있어야 할 필요가 있나 싶다.

“올해 말쯤 해서 데리러 갈까 합니다.”

이현이가 검은 돌을 바둑판 위에 내려놓으며 말한다.

“올해 말? 유청이가 오려고 할까?”

삼 년은 넘게 있어야 한다고 했었는데.

“어린아이가 집 밖으로 너무 오래 도는 것도 좋지 않습니다.”

진이현이 딱 잘라 말한다.

“그렇지? 그렇고말고.”

진호철이 대놓고 동조한다.

자신도 유청이가 없으니 영 힘이 나지 않는 게, 단풍잎 찍듯 진가장 여기저기에 발자국 놀이를 하던 어린 둘째 아들이 너무 보고 싶었다.

“함께 가서 데려오는 게 어떠냐.”

두 부자가 처음으로 같이 여행을 떠나고, 돌아올 땐 세 부자가 함께라면…….

상상만으로도 좋은지 진호철의 얼굴이 환해지자, 진이현이 흐릿하게 입꼬리를 말아 올렸다.

“그럼 진가장은 어찌합니까.”

“똑똑한 사람들이 많으니 알아서 잘할 것이다. 량이만 해도 이제 시키지 않아도 웬만한 총관 일은 알아서 척척 하고, 동심회 친구들에게 맡겨도 되고 말이다.”

진호철은 꼭 진이현에게 따라붙을 모양이었다.

그도 그럴 것이, 유청이가 태어난 이후 나날이 바빠지기만 하는 진가장의 일로 인해, 한 번도 혼자 여유로운 시간을 가져 본 적이 없기 때문이다.

두 잘난 아들들을 키우느라, 진가장이 아이들의 짐이 되지 않기 위해, 달리고 달리고 또 달렸다.

"그것도 괜찮은 생각이십니다. 그럼 그때 봐서 그렇게 하도록 하지요."

이현이도 아버지의 마음을 충분히 이해하기에 선선히 받아들였다.

장주와 소장주가 같이 진가장을 비울 수는 없노라고 애기하려면 꼬투리 잡을 게 적어도 열 손가락은 넘어설 테지만, 자신도 강호행을 했고, 어린 유청이도 제 의지대로 학관에 간 참이다. 아버지에게만 희생을 강요하는 건 너무 가혹했다.

"그러자꾸나."

진호철이 호탕하게 웃었다. 아들들과의 여행을 기대하는 그의 마음이 아주 오랜만에 들뜨기 시작했다.

후원에서 들려오는 장주 부자의 웃음소리에 진가장 식솔들의 얼굴에도 웃음기가 깃든다.

특히나 조량은 여기 온 내내 이 부드럽고 온화한 공기에 감복하였는데, 식솔들은 아무리 허드렛일을 하는 이라 해도

함부로 무시하지 않고, 아랫사람은 윗사람을 존경하면서도
두려워하지 않으니, 어찌 일이 잘되지 않겠는가.

게다가 큰 장주님과 작은 장주님은 사이가 좋고 다정하
며, 자신을 이곳으로 보내 준 꼬마 도련님 얘기만 나오면
그저 입가에 미소가 그려지니…….

"이런 곳도 있구나."

조량은 그렇게 생각하지 않을 수 없었다.

자신을 이곳에 보내 준 유청이에게 고맙고, 또 고마웠다.

조량의 아버지와 어머니도 이곳이 당신들의 남은 여생을
보내며 뼈를 묻을 곳이라 말했다.

절대 무림맹의 귀신은 되지 않겠다고 얘기하셨던 것과는
비교되는 말에 조량은 코끝이 시큰해진다.

열심히 배워서 은혜를 갚아야지.

조량이 다짐했다.

그때 진가장 입구에 한 사내가 도착했다.

"저, 여기가 하남 진가장 맞습니까?"

"네, 그렇습니다만."

정문을 지키는 경비 무사들이 고개를 끄덕이며 사내를
위아래로 훑어본다.

낯선 얼굴이야 뜯어본다고 아는 사람이 될 리 없지만 일
단 행색을 살펴 사내의 출신을 짐작해 본다.

"표국에서 오셨나."

무사의 말에 사내가 대답했다.

"네, 이곳 둘째 도련님께서 아버님이신 진 장주님한테 보내는 편지를 가져왔습니다."

"유청 도련님이?"

눈이 휘둥그레진 경비 무사가 깜짝 놀라 되묻더니, 옆에 있는 이에게 안에 기별을 보내라 눈짓한다.

보고 싶은 도련님이 보낸 편지란 반가운 소식에 무사의 얼굴이 환해지지만, 그 밝음은 반 각도 가지 못했다.

경비 무사들과 똑같이 웃는 낯으로 편지를 받아 읽어 내려가던 장주와 소장주에게서 경악에 가득 찬 외침이 터져 나왔기 때문에.

손에 들고 읽던 편지를 와락 한 손에 구겨 쥔 진호철이 노호를 터트린다.

"뭐야? 가출! 내 이노무 자식을 그냥!"

진호철의 이마에 시퍼런 핏대가 도드라졌다.

하나 진호철은 계속해서 화를 내고만 있을 수는 없었다.

유청이 일이라면 자신보다 더 물불 가리지 않는 녀석이 있지 않은가.

"이, 이현아, 참아라!"

진호철이 옆으로 고개를 돌리며 말하지만 대답이 들려오지 않는다.

다시 시선을 돌려 앞을 바라보니 첫째 아들 진이현이 벌써 저만치 걸어가고 있지 않은가!

어, 어디 가냐?

"이현아!"

진호철이 진이현을 잡으러 달려간다.

희미하게 미간을 찌푸린 진이현이 정문에 다다르기 직전, 아버지에게 잡혔다.

"일단 참고, 응? 참고 한 번만 더 편지를 읽어 보자, 응?"

우리가 잘못 봤을 수도 있지 않겠느냐!

진호철이 화도 못 내고 진이현을 달랜다.

그리고.

찌이익!

종이 찢어지는 소리와 함께 진유청의 편지가 반쪽으로 나뉘었다.

반은 진호철의 손에, 다른 반은 진이현의 손에 들려 있는 편지가 동시에 부르르 떨린다.

"이노무 자식, 잡히기만 하면 엉덩짝에 불이 나게 두들겨 줄 테다!"

자신들이 잘못 본 게 아니라는 확실한 결과에 진호철이 이를 득득 갈고, 진이현은 짐 쌀 채비를 한다.

이렇게 진유청 가출 사건으로 인해 진가장이 발칵 뒤집어지고, 그 여파가 동심회 전체로 퍼져 나갔다.

한편 진유청은…….

제법 아이티를 벗고 소년의 얼굴을 하고 있는 진유청이 나채환과 어깨를 나란히 하고는 눈앞의 산을 바라보고 있다.

산은 산이고, 높기도 높고.

"저 산은……."

진유청이 조금 우물쭈물하며 입을 여는데, 나채환이 힐끔 눈을 돌려 진유청과 시선을 마주한다.

나채환은 무심한 얼굴로 나직하게 중얼거렸다.

"이번에도 십 년 후엔 길이 생길 거라고 우기면, 그땐 정말 죽여 버리겠다."

진유청이 움찔하여 머리를 긁적인다.

시, 십 년 후는 아니고, 칠 년쯤 후인 거 같긴 한데…….

여기서 이 말을 했다간 나채환이 정말 발작을 하겠지?

"그, 그냥 산의 기운이 좀 안 좋아 보인다고."

진유청의 말에 나채환이 눈을 가늘게 뜬다.

"기운이…… 안 좋다라……."

그 말도 좀 자주 들은 듯.

그리고 그 말을 들은 후엔 어김없이 일이 터졌다.

"그냥 그 입을 다물어라."

나채환이 싸늘한 어조로 말한다.

가출한 지 몇 달, 아직도 자신들은 북경에 도착하지 못했다.

가출할 때까지만 해도, 돈만 있으면 편히 북경까지 갈 수 있다 자신만만했던 진유청이 미처 예상치 못한 게 있었기 때문이다.

그게 뭐냐면…….

챙, 채앵!

"우하하하, 아까 마을에서 보니 어린것들이 가진 게 두둑하더구나. 이 아저씨들한테 동냥 좀 하고 가는 게 어떠냐?"

이마에 '나 산적이오' 라고 써 붙인 것 같은 아저씨를 만나는 것도 이제 익숙하여 진유청은 하마터면 손을 흔들어 인사를 할 뻔했다.

스릉!

'그 입 좀 다물라니까' 라고 나직하게 중얼거린 나채환이 검을 꺼내 들며 진유청을 자신의 등 뒤로 물린다.

"나도 싸울 수 있어."

진유청이 제 검을 들어 보이며 말하지만 나채환이 고갤 저었다.

"안전하게 물러나 있어라."

이건 뭐, 주인 지키는 개도 아니고…….

이러려고 함께 나온 건 아닌데 말이야.

생각은 그렇게 하지만 몸은 이미 멀찍이 떨어진 곳에 쭈그리고 앉아 있다.

쉬악!

나채환의 검이 산적 아저씨들을 가르고, 베고, 찌르는 걸 보는 진유청의 눈앞에 그동안의 일이 주마등처럼 스쳐 지나갔다.

가출을 하며 호기로웠던 건, ·딱 오현이 녀석과 작별하며 상방 오호의 문이 닫히는 순간까지였다.

예상과는 달리 소림 방장 약발도 잘 먹히지 않는 부학장은 철두보다 훨씬 똑똑하고 셈이 빨라서 외출 허락을 받는데 만도 하방 녀석들에게 건 주머니의 반이 들었다.

그렇게 힘들게 무림맹을 나선 순간부터 지금까지, 단 한 시도 순탄한 여행 겸 가출은 되지 못했다.

돈만 있으면 세상 편하게 살 수 있다 주장하는 진유청이 한 가지 간과한 게 있다면…….

"어린 게 죄야?"

진유청의 입이 삐죽 튀어나온다.

말 그대로 어린 게 죄였다.

열한 살이 막 넘어 젖살도 채 빠지지 않은 빵빵한 얼굴의 진유청과, 어른스럽지만 사나운 눈초리의 나채환은 어디서도 환영받지 못했다.

밥 한 끼 먹으려 치면, '부모님은 어디 있냐'로 시작해

서, '돈은 있느냐', '이건 비싼 거다' 라며 간을 보고 가격
을 후려치려는 점소이들.

그들은 진유청과 나채환이 여독을 좀 풀어 보고자 좋은
방에 뜨신 목욕까지 하려하며 돈을 넉넉히 주면 실실거리며
비위를 맞추다가도 밤에 찾아와 목에 칼을 들이댔다.

마차 여행은 또 어떤가.

멀쩡히 가던 마차가 으슥하고 인적이 드문 곳으로 뜬금
없이 길을 바꾸는 일이 허다했다.

어린아이들끼리의 여행에 말 못 할 사정이 있을 거라 여
기는 건지, 주머니를 다 털고 땅에 파묻어도 아무도 찾지
않을 거라 생각한 듯 자연스레 칼을 들이민다.

나채환은 강하고 진유청도 약하지 않았지만, 겉보기론
어린아이에 지나지 않는지라 나쁜 어른들은 끊임없이 밀어
닥쳤나.

강도로 돌변하고, 마을에서 본 맘씨 좋은 아저씨는 산을
넘다 산적으로 재회하고, 잘 다져 주면 동료를 데려와 다시
덤비는…… 악순환의 반복.

이건 뭐, 아수라장이 따로 없었다.

아이들끼리 여행을 한다는 게 이렇게 어려운 건지 진유
청은 이번에 처음 알았다.

지금이야 알았어도 이미 늦었지만 말이다.

"휴우우우우."

내가 하는 일이 다 그렇지, 뭐.

재수 오지게도 없는 놈.

자신도 불쌍하고, 괜히 자신을 따라와 저 개고생하는 나채환도 불쌍하고.

사실 학관 내에서도 재질이 출중하기로 소문났던 광견 나채환의 일 검을 전문적으로 무공을 익힌 이들도 아니고, 칼자루 쥐고 이리저리 휘젓는 게 다인 사내들이 막아 내기란 쉽지 않은 일이다.

그렇게 생각하면 나채환이나 진유청 자신이나 크게 힘들 건 없어야 했다.

하나 사내들은 눈을 시퍼렇게 빛내며 아귀처럼 달려들었다.

계속, 계속. 떼거지로.

진유청이 학을 뗐을 정도이니, 나채환도 내색은 하지 않지만 진저리가 나긴 마찬가지일 터.

"뒤에, 조심해!"

진유청이 외치자 나채환이 상체를 가볍게 숙여 등 뒤의 공격을 피해 낸 뒤, 검을 들지 않은 손으로 땅을 짚으며 오른 다리를 뒤로 쭉 뻗으며 위로 올려 찼다.

퍼억!

나채환의 등을 공격하려던 사내가 배를 부여잡고 뒤로 나동그라진다.

한 명을 해치웠어도 나채환에게 쉴 틈은 없었다.

쉬이익!

여기저기서 찔러 들어오는 검들.

이제 열한 살짜리 애를 꼬치에 꿰일 일 있나 싶을 정도로 무자비하다.

세상 참 살기 어려운가 보다.

저들도 누군가의 아비고, 형제고, 아들일 텐데…….

“저놈을 노려라! 저놈은 검을 쓸 줄 모른다!”

누군가가 진유청을 가리키며 외쳤다.

다다다닥!

사내들 중 몇이 나채환을 공격하던 걸 멈추고 갈라져 나와 뒤편에 있는 진유청을 향해 달려든다.

나채환이 미간을 찡그리며 고개를 돌리지만, 자신의 정신을 분산시키기 위한 공격이 한층 강하게 빌어닥치자 쉬이 자리를 뜨지 못한다.

검을 휘두르는 나채환의 얼굴에 스며들어 있는 건 걱정이 아닌, 나지막한 한숨.

그것엔 나름의 이유가 있었다.

공격 대상이 자신으로 바뀌자 진유청이 발딱 일어났다.

아저씨들, 실수하는 거야.

나채환은 다시 움직이지 못할 정도로만 검을 썼지만, 나는 달라.

쉬이익!

진유청이 재빨리 검을 뽑아 자신에게 날아드는 검날을 튕겨 낸다. 그리고 가장 가까이에 있는 사내의 중심을 향해 발을 내질렀다.

퍼억!

사내의 얼굴이 크게 일그러진다.

깨졌다?

진유청이 눈을 가늘게 뜬다.

그러게 왜 날 건드려. 나도 누군가의 귀한 아들이자, 동생이란 말이지. 순순히 당해 줄 수 없다고!

진유청은 검을 내팽개치고 상체를 숙여 양손으로 가랑이 사이를 덮는 사내의 잘생긴 귀를 노려봤다.

"크앙!"

진유청이 사내의 귀를 덥석 문다.

"으아아악!"

날카로운 비명이 튀어나오고, 진유청을 뿌리치려 사내가 안간힘을 쓴다.

"도와줘, 이 새끼 좀 떼어 내!"

사내가 몸부림치자 동료들이 다가오지만, 진유청이 눈을 희번덕거리며 눈초리를 추켜올리는 모습에 마른침만 삼키며 걸음을 멈춘다.

지금 이 순간, 자신이 저기 있는 동료가 아닌 게 얼마나 다행인지!

오기만 하면 다 깨 주마!

진유청이 눈으로 하는 말을 모두 똑똑히 알아들은 듯했다.

"얼른 떼 줘!"

하지만 동료의 울부짖음을 외면할 수도 없고…….

에이, 모르겠다!

"덤벼라, 한낱 애새끼 하나 감당 못 해서야 우리가 어디 도적질해 먹고살 수 있겠냐!"

턱수염이 덥수룩한 사내의 외침에 진유청이 고개를 끄덕였다.

그렇지, 그렇긴 하지.

그러니 당신은 특별히 두 쪽 다 잘근잘근 부서 줄게.

진유청이 귀를 물고 있던 사내의 복부를 무릎으로 찍어 올려 기절시킨 뒤 입을 벌렸다.

"퉤, 퉤!"

아, 짜. 좀 씻고 살아들.

의외로 이런 데 민감한 진유청의 심기가 더욱 단단히 뒤틀렸다.

"다, 덤벼!"

진유청이 입가를 씰룩이며 사내들에게 외쳤다.

후아아아.

진유청이 숨을 들이마신다.

사내들에게서 뿜어져 나오는 탁기가 진유청을 향해 빨려 들어갔다가 맑은 바람이 되어 뱉어졌다.

"왜 어지럽지?"

사내들 중 하나가 고개를 갸웃거리다 진유청과 눈이 마주친다.

그리고 갑자기 지면을 박차고 뛰어올라 자신을 향해 짓쳐 드는 진유청을 보고 기겁을 했다.

"쳐라, 쳐! 죽여라!"

채채챙!

진유청을 향해 서투른 검날이 쇄도했다.

"끄으응……."

"사, 살려 줘라. 내, 내 다시는 욕심부리지 않으마……."

나채환이 자신을 공격했던 사내들을 모두 바닥에 눕히고 고개를 돌렸을 즈음, 진유청도 제 할 일을 다 끝마쳤는지 상큼한 표정으로 손바닥을 탁탁 털고 있었다.

"저 꼴을 또 보다니."

진유청에게 당한 이들은 하나같이 눈이 풀려 가랑이 사이를 부여잡은 채로 침을 흘리고 있다.

턱수염이 덥수룩한 대장 격으로 보였던 사내의 상태가
제일 안 좋은지 눈을 까뒤집고는 몸을 덜덜 떨고 있다.

"검 놔두고 이 무슨 흉물스러운 짓이냐."

눈살을 찌푸리는 나채환에게 진유청이 대답했다.

"다음부턴 자를까?"

……아니다. 그냥 깨라.

검을 쓰는 방법을 생각해 내면, 검으로 목을 베던지 가슴
을 찌르던지 하는 게 먼저 떠올라야지, 어째 고민 한 번 하
지 않고 바로 튀어나온다는 말이 그거냐.

나채환이 고개를 설레설레 저으며 설명을 포기한다.

아무렴 어쩌리.

내 것도 아니고.

조금씩 진유청을 닮아 가는 나채환이었다.

"이만 갈까?"

또 어디서 헤매야 하는 건지.

"저 산은 맞는 거냐?"

나채환이 핀잔을 주지만 진유청은 당당하게 가슴을 펼쳤
다.

"내 기억이 확실하다면 저 산엔 길이 있을 거야! 북경으
로 향하는 길이!"

"북경엔 한 번도 간 적이 없다면서, 그 빌어먹을 기억은
어디서 시시 때때로 튀어나와 길 찾는 걸 방해하는 건데?"

“이번엔 확실해.”

저번에도, 저저번에도 유청이는 호언장담했다.

“산적들만 안 나와도 좋겠다.”

나채환이 그답지 않게 투덜거린다.

옷은 넝마가 다됐고, 여러 번 이어진 전투에 봇짐도 잃어버려 갈아입을 옷도 없다.

소중한 건 꼭 배에 차고 다녀야 한다는 진유청의 뜻대로 복대에 돈을 넣은 뒤 꽁꽁 싸맸으니 망정이지, 그렇지 않았다면 정말 만두 하나 사 먹기도 힘들었을 거다.

투욱!

그 주머니마저도 계속해서 줄어드는 것은 자신들이 발길 닿는 곳마다 호의호식을 누려서가 절대 아니다.

그건 순전히 진유청이 알 깨기를 하고 난 뒤에, 꼭 주머니 하나씩을 쓰러진 산적들 사이에 내려놓고 가기 때문이다.

자기를 물끄러미 바라보는 나채환의 시선을 느꼈는지 진유청이 입맛을 다신다.

“아깝지?”

나도 아까워.

그래도 혹시나 한 번은 더 기회를 줄 수 있다면 이걸로 새 생활 하는 사람 한 명은 있지 않을까 해서.

내가 딱히 좋은 놈은 아닌데, 쯧.

이것도 불귀곡 비급 후유증인가…….

진유청이 두 손으로 머리를 싸매 쥐고 괴로워한다.

"아까운 건 아니고, 머리털 다 쥐어 뽑히기 전에 그만하고 갈 길이나 가자."

나채환이 그런 진유청을 재촉했다.

"그럴까?"

금세 기분을 훌훌 털어 낸 진유청이 먼저 발길을 옮기자 나채환이 그 뒤를 따르다 힐끔 뒤돌아본다.

아직까지 정신을 못 차리고 괴로워하는 산적들이 눈에 들어왔다.

저들 중 유청이의 바람처럼 단 한 명이라도 정신을 차리고 새로운 인생을 살아갈 이가 있을까?

나채환은 그럴 리 없다고 여겼다.

그렇게 변화할 수 있는 사람은 애조에 어둠에 발을 들여놓지 않고, 들여놨다 해도 결정적인 순간 검이 흔들려야 했다.

저들 중, 그런 이는 한 명도 없었던 것이다.

나채환은 속으로 그들을 향해 말했다.

어차피 그렇게 된 것, 너희가 누군가의 아들이고, 형제인 것까진 이미 하늘이 내려 준 운명이니 어쩔 수 없지만……더 이상 누군가의 아비는 되지 마라.

더러운 세상, 어렵게 사는 사람 많다 하지만, 그렇다고 해서 모두 이런 선택을 하는 건 아니다.

네 스스로 원해서 얻은 짐은 아니니, 피 묻은 손으로 늙은 부모 공양, 몸 불편한 형제 공양은 할 수도 있겠지만…… 제비 같은 자식새끼 입에 피 칠은 하지 마라.

낳지 않았으면, 박복한 운명 처음부터 타고 태어나지 않을 게 아니냐.

다른 사람 울린 손으로, 네 새끼 눈물 닦아 주지 마라.

누구나 제 새끼 소중한 법이라 하나, 네 업은 그대로 이어져 네 자식에게 짐 져 주는 꼴밖에 되지 않으니.

세상의 이치란, 더없이 따스하면서도 칼날처럼 맺고 자름이 정확하다.

더한 것도 덜한 것도 없이 스스로 들이마시고 뿜어낸 만큼 돌려받고 돌려주는 것이니.

내 아비가 누이의 피를 손에 묻혀 내 입에 벌레를 넣어 주었을 때, 나는 내 가문을 버리고 나를 버리고 개로 다시 태어났다.

아홉 살 어린 나이, '네가 무얼 아느냐, 그래야 했던 아비의 마음을 아느냐' 며 추궁하고 분노했던 아버지.

아버지…….

나채환이 주먹을 말아 쥔 채 움직이지 않는다.

그의 상념이 그에게 어두운 기운을 불어넣었다.

앞서 걸어가던 진유청이 나채환이 따라오는 기척이 느껴

지지 않자 고개를 갸웃거리며 걸음을 되짚는다.

그리고…….

따악!

나채환의 뒤통수를 세게 후려치더니 그의 어깨에 한 손을 올리고 후아, 후아 숨을 들이마신다.

이노무 자식, 뭔 탁기가 이렇게 짙어.

내가 공기를 맑게 한다는 한 그루 나무도 아니고, 세상 탁기 다 들이마셨다 뱉어야 되는 건 아닐 텐데.

내 인생이 그렇게 이 한 몸 바쳐 세상을 위해야 할, 그런 거지 같은 일에 휘말릴 가능성은 없어야 하지 않겠니?

진유청은 산적들에게 했듯이 탁기를 빨아들였다 자연 속에 흐트러트리는 게 아니라, 그대로 나채환에게 맑은 기운으로 만들어 되돌려 줬다.

나채환의 마음이 가라앉고 눈에 가득했던 살심이 사그라진다.

아무래도 채환이는 학관에 묶여 있으면서 억누르고 있던 기운이, 바깥세상에 나오면서 풀린 모양이다.

그렇다고 니가 학관에서 얌전히 잘 지낸 것도 아니고, 광견이란 이름까지 얻을 정도로 지랄 발광을 했으면서……. 그게 참은 거였다니 나름대로 용하다 해 주리, 아니면 무섭다 해 주리.

진유청이 나채환의 어깨를 몇 번 다독이고 등을 돌리

는데…….

따악!

진유청의 무거운 머리가 앞으로 고꾸라질 뻔했다.

"이, 이 자식이! 생각해서 해 주니까!"

"……넌 생각해서 뒤통수를 후려치냐?"

아…… 설명을 해 줄 수도 없고, 한다고 알아들을 것 같
지도 않고…….

진유청이 제 가슴을 손으로 쿵쿵 내리친다.

이놈의 강아지, 잘해 줘도 소용이 없다니까.

진유청이 구시렁대며 삐친 듯 고개를 휙 돌리고 앞으로
걸어간다.

나채환은 그런 진유청의 등을 물끄러미 바라봤다.

저 녀석이 상방에 왔을 때, 자신에게 맞기 전과 맞고 난
후에도 같은 눈으로 공평하게 자신을 바라봤을 때, 이 녀석
은 하늘과 닿아 있다는 걸 느꼈다.

덤으로 아주 재밌는 녀석이란 것도.

"같이 가자."

나채환이 피식 웃으며 진유청을 쫓아간다.

길 좀 잃고, 북경 가는 시간이 늘어나도 뭐 어떤가.

우리들은 자라고 있다.

어른이 되면, 아버지와 같은 어른은 되지 않으리.

그래서 보여 주리라. 그렇지 않은 사람도 있다는걸.

어른들의 사정이 있다 해도 모두 같은 선택을 하는 건 아니란걸.

자신은 유청이와 함께라면 분명 좋은 어른이 될 수 있을 거 같았다.

만약 자신이 나쁜 짓을 하면…….

나채환의 귀에 퍽 하고 알 깨지는 소리가 환청이 돼 들려온다.

"안 와?"

진유청이 그래도 나채환을 버리고 갈 생각은 없는지 팔짱을 끼고 삐딱한 자세로 걸음을 멈춰 선다.

"간다."

나채환이 잰걸음으로 진유청의 옆에 가 섰다.

엉덩이를 반대편으로 쭉 빼 최대한 진유청과 떨어트린 괴상한 자세로.

"가자."

진유청이 발을 내딛고, 나채환이 그 발을 쫓는다.

우리는 언제 북경에 도착할 수 있을까?

……벌써부터 배가 고파 왔다.

第十章

열두 살, 더러운 세상!

“저기 서희가 지나가네?”

황태자 주태민이 이경찬을 툭툭 건드리며 턱 끝으로 황태자궁 창밖을 가리킨다.

하나 이경찬은 미동도 하지 않으며 책에서 눈을 떼지 않았다.

“흥.”

황태자의 쭉 뻗은 짙은 눈썹이 하늘을 찌를 듯 추켜 올라간다.

하나 경찬이 이 녀석은 살살 달래야지 윽박이라도 질렀다간 오히려 더 뻣뻣하게 굴며 차라리 자길 부러뜨리라며 나설 녀석인지라, 황태자도 다른 이에겐 베풀지 않는 자비심을 발휘하여 한 번은 더 참았다.

"정말 서희 공주가 어마마마와 함께 오고 있대도!"

이경찬이 서희에게 반한 건 황궁에서 모르는 이가 없는 사실이다.

여동생 서희 앞에선 수줍음 많고 시를 좋아하는 학사처럼 굴면서, 정작 앞으로 주인이 될 황태자 앞에선 나긋하게 구는 적이 없으니, 황태자는 약이 올라 가끔 이렇게 이경찬을 골려 먹곤 했는데…….

"진짜라니까?"

아무래도 이제 약발이 다 떨어진 모양이다.

서희의 이름만 들어도, 그 아이가 다가온다고 얘기만 해도 어쩔 줄 몰라 하던 이경찬이 묵묵히 책만 읽어 내려가는 걸로 봐서는.

"재미없는 녀석."

저런 녀석이 뭐가 그렇게 마음에 드시는 건지, 황제 폐하께서도 어마마마께서도 어떻게든 내 옆에 붙여 두려 하시는 걸까.

황태자는 이해할 수가 없었다.

학문으로 보자면 대학사 윤경의 자식이 훨씬 뛰어나고, 무공으로 치자면…… 뭐 굳이 다른 사람과 비교할 필요도 없다.

체질이 건강하다곤 하지만 이경찬은 특별한 무공을 익히

진 않은 듯했으므로.

굳이 괜찮은 부분을 꼽자면 황태자 자신이 화를 내도 바른 소리를 멈추지 않는다는 것과, 약한 아이를 보면 보듬어 안아 준다는 것 정도?

그리고 무엇보다 서희에게 첫눈에 반한 순정파.

황태자 주태민의 나이 이제 열 넷. 곧 황태자비를 맞아들일 것이다.

황태자비는 황제 폐하의 충성스러운 신하들 중 한 명의 여식이거나, 황제 폐하와 권력을 나누고 있는 세도가의 여식 중 한 명이 될 것이다.

정략혼이란 으레 그렇듯 살 비비고 살다 보면 정이 들던지, 혹은 포기하고 살아지던지 하는 것.

사랑이란 당연히 그렇게 만들어지는 것이라 생각하는 주태민에게 이경찬의 짝사랑은 풋내가 느껴졌다.

어린 녀석. 좀 더 자라면 자신이 어여쁜 또래의 궁녀들을 소개시켜 주고 함께 놀이를 즐겨야지.

찌르면 찌르는 대로 반응이 오는 이경찬이 주태민으로서도 딱히 싫은 건 아니었다.

그다지 좋지 않았던 첫인상에 비하면 이건 정말 괄목할 만한 발전이라 해도 좋으리라.

"태자 전하, 황후마마께서 다과를 보내셨사옵니다."

밖에서 어린 궁녀의 목소리가 들린다.

“들이라.”

“네.”

문이 열리고 예쁘장한 궁녀가 두 손으로 다과상을 받친 채 안으로 들어온다.

주태민이 장난기가 동했는지 어린 궁녀의 엉덩이를 향해 손을 뻗었다.

“꺄아악!”

와장창창!

놀란 나머지 손에 들고 있는 걸 바닥에 떨어트리는 바람에 뜨거운 물이 태자의 몸에 튀었다.

“이를 어쩌나, 이를 어쩌나. 죽을죄를 지었습니다, 태자 전하.”

짜악!

황태자가 궁녀의 뺨을 후려쳤다.

“조심하지 못하고!”

폭급한 성정답게 화를 주체하기 어려워하는 주태민을 보며 이경찬이 손에서 책을 내려놨다.

안 봐도 무슨 일이 있는지 뻔히 보였기에.

“태자 전하께서 먼저 장난을 치신 게 아닙니까. 잘못을 한 사람은 성을 내고, 피해를 입은 당사자는 죄송하다며 머리를 조아리는 게…… 이치에 맞는 겁니까, 태자 전하?”

주태민의 눈가가 푸들푸들 떨린다.

“내가 누누이 말했을 텐데. 네 녀석은 그 입을 조심해야 할 거라고. 황제 폐하와 어마마마의 비호가 언제까지 이어질 거란 생각은 하지 않는 게 좋을 게다.”

만약 보이는 저 모습이 태자의 전부라면 이경찬은 진즉에 나가떨어졌으리라.

자신이 앞으로 모셔야 할 분이라고 해도 진심을 다하긴 어려웠을 테지.

하나 황태자 주태민에겐 분명 지금의 모습과는 다른 면이 존재했다.

이경찬이 몸을 일으켜 눈물을 뚝뚝 흘리며 겁을 집어먹고 파들파들 떠는 궁녀의 앞에 다리를 접고 몸을 숙여 깨진 찻잔과 주전자 파편을 집어 든다.

“너는 상을 들고 있거라. 내 파편을 그 위에 놓을 테니. 여자아이가 손이라도 베면 안 되지 않겠느냐.”

이경찬의 말에 궁녀 아이가 눈물을 그치며 볼을 붉게 물들인다.

“허어, 이거 참. 황궁에 다정하기가 봄날 같고, 입을 열면 달콤한 소리가 줄줄 흘러나온다는 풍류 서생이 있다 하더니, 그게 바로 네 녀석 얘기였구나.”

황태자 주태민이 기가 찬 듯 하는 말에 이경찬이 태자를 향해 짐짓 눈을 흘겼다.

“그건 또 무슨 말씀이십니까.”

"정말이래도. 내 친우들 사이에 그런 얘기가 있다 하며 수군대는 걸 똑똑히 들었느니라."

이경찬이 속으로 못 말릴 태자 전하에 못 말릴 친구분들이라 생각하며 손을 빨리 놀렸다.

머리를 맞대고 있는 궁녀 아이의 숨소리가 점점 빨라지는 게 아무래도 태자 전하 때문에 겁을 많이 먹은 모양이었다.

"자, 다됐다. 다과는 먹은 걸로 해 둘 테니 이만 나가 보거라."

"어허! 태자인 내 노화가 다 풀리지 않았는데, 어디 건방지게 네가 나서서 궁녀에게 나가라 마라 하는 게냐!"

대장의 신경질은 태자 전하에 비하면 귀엽지, 귀여워.

대장은 한 번도 스스로가 가진 걸로 다른 사람을 압박하거나 괴롭힌 적이 없었다.

대장이 내는 신경질은 말 그대로 본인의 짜증, 귀찮거나 배고프거나 등등의 감정에 충실한 것들인데 반해 태자 전하는……

은근한 위압감을 내보이기 위해, 혹은 다른 사람을 주눅들게 하려는 용도로 쓰인다.

대체 누가 더 어리다는 거야?

대장에 비하면 태자 전하 하는 짓이 훨씬 더 어려 보인다.

"태자 전하. 그럼 저 궁녀와 제가 무릎이라도 꿇고 태자 전하 앞에서 죄를 청해야 속이 시원하시겠습니까."

이경찬이 정색을 하자 태자의 얼굴이 싸늘하게 굳는다.

하지만 더는 화를 내지 않고 궁녀에게 나가 보라 손짓을 했다.

궁녀가 후다닥 밖으로 나가자 태자가 낮은 목소리로 이경찬을 꾸짖는다.

"궁내에는 수많은 사람들이 드나들고, 그들 중 대부분의 사람들이 이 나라의 중심에 위치한 이들이다. 누가 잘못을 먼저 했는지 따위는 중요하지 않아. 한낱 궁녀 따위가 실수를 하면 어찌 될 것 같으냐. 네 호의가 오늘 저 아이를 웃게 했지만, 다음에 저 아이가 또 실수를 저질렀을 때 또다시 오늘 같은 호의를 기대했다간 저 아이의 눈물이 아닌 목이 달아난 꼴을 보게 될 게다."

따끔하게 혼을 내야 다음에 같은 실수를 하지 않을 거라 차갑게 말하는 태자에게선 위압감이 풍겨 나온다.

"제가 너무 나선 것 같습니다, 태자 전하."

아차, 거기까진 생각지 못했다.

이경찬이 솔직하게 잘못을 시인하자 태자에게서 냉기가 조금 누그러졌다.

"다른 이의 머리 위에 설 운명으로 태어난 사람들은 아래에서 위를 올려다보는 이들이 목이 아플까 걱정할 필요가 없다. 그보다 더 중요한 것에 신경을 써야 하니까. 그들이 딛고 선 땅은 고르고 기름진지, 굶주리고 있는 건 아닌지. 온화하면서 무능력한 황제보다는, 두렵고 무섭더라도 능력 있고 강한 황제가 제 백성들을 배불리 먹이고 칭송받을 수 있는 것이다."

"네, 명심하겠습니다."

태자의 말이 모두 옳다곤 생각지 않지만 만인지상의 자리에서 세상 모든 이를 내려다봐야 할 황제가 취해야 할 자세에서 크게 벗어나지 않는다는 건 안다.

폭풍처럼 사납지만 그 안엔 뚜렷한 중심이 잡혀 있고, 그것은 황제가 되기 위해 태어난 사람만이 가질 수 있는 오만함인 것이다.

보지 않으려 하시는 부분을 조금만 더 보여 드리고, 자신이 두려워 움츠리지 않고 간언하고 또 간언하면 이분은 정말 훌륭한 황제가 되시리라.

아버님도 그렇게 말씀하셨고.

"그러고 보니 너와 형부상서는 무림에 관심이 많은 것 같더구나."

황태자가 착 가라앉은 분위기를 전환하려는지 화제를 만든다.

"네. 많이는 아니지만 지인들이 여럿 있어서……."

"그때 들었던 네 대장이란 녀석도 포함되느냐?"

"그렇습니다."

"흐음."

황태자는 이경찬의 대장이 어찌 자신 말고 다른 이가 있을 수 있을까 생각했다.

마땅히 황제가 될 자신만이 이경찬의 주인 될 자리에 설 수 있지 않겠는가.

"마음에 들지 않는군."

"뭐가 말이십니까?"

"아니다."

황태자가 고개를 젓자 이경찬은 다시 물어볼 엄두가 안 났다.

괜히 말하기 싫은 걸 찔렀다간 또 불호령이 떨어질 테니.

"황제 폐하께서 크게 총애하시는 환성 의숙부가 무림맹에 선을 대어 무림인들을 황제 폐하의 충성스러운 수하로 만들자 제의하고, 그것을 실행중이라 하던데…… 네가 보기엔 그게 실효가 있겠느냐?"

이경찬은 신가장과 하남 무림인들과는 어울려 힘께 자랐지만, 다른 무림인들에 대해선 알지 못했기에 쉽사리 입을 뗄 수가 없었다.

"환성 의숙부는 무림맹에서 우리의 의도를 알면서도 걸어 놓은 미끼가 하도 먹음직스러우니 미끼만 달랑 물고 도망칠 작정으로 손을 잡을 거라 하더구나. 하나 의숙부는 계속해서 미끼를 던질 거고, 결국 그들은 먹이에 중독당해 이후론 꽁무니를 뺄 수 없게 될 거라고."

황태자의 입꼬리가 묘하게 비틀린다.

"태자 전하께선 그리 생각지 않으시는 모양입니다?"

이경찬의 물음에 황태자가 고개를 끄덕인다.

"그렇게 간단했으면 용맹하신 황제 폐하께서 왜 아직까지 무림인들을 휘어잡지 못했겠느냐."

무림인들의 역사는 자신의 왕조보다 길고, 전통이 있다.

그들이 가진 힘은 쉽게 보아 넘길 수 없는 가공할 것이다.

나라의 주인으로서 탐내 보지만, 손에 쥐기 어려운 게 또한 무림인들이었다.

"그런데 왜……."

"왜, 환성 의숙부를 그냥 두고 보고 있느냐고? 수많은 재화를 소비하고 인력을 사용하여 낭비하는 일에?"

"네."

"……황제 폐하께선 환성 의숙부에게 빚이 있으시지. 성정이 차가우신 편이시지만, 환성 의숙부에게만큼은 봄날처럼 따뜻하신 분이 그분이시다."

어딘지 모르게 불쾌함을 담고 있는 황태자의 목소리에 이경찬이 마른침을 삼킨다.

환성 의숙부라는 자와 황제의 사이는 좋을지 몰라도, 황태자 주태민은 그에게 큰 반감을 갖고 있음이 여실히 드러났다.

"이 이야기는 듣지 않은 걸로 하는 게 좋겠군."

"명심하겠습니다, 태자 전하."

"뭐, 네 '대장이었다는' 녀석이 무림맹에 있다면 전해도 좋아. 조심하라고. 그는 황제 폐하께서 생각하시는 것처럼 그리 여리고 착한 사람은 아니라 난 확신하니까.”

“네.”

이경찬이 가슴에 새겨 둔다.

환성이라……. 벼슬아치들 중에서는 들어 본 적이 없는 이름이다.

아버님께서도 황제 폐하께 직접 명을 받으셨다 하셨는데도 자신에게 언급하신 적이 없으니…….

있다 집으로 돌아갈 때 찾아뵈어 잠시 얘기라도 나눠 볼까.

이경찬이 고민하는데, 황태자의 목소리가 들려왔다.

“아, 네 대장 ‘이었던’ 녀석 말이다. 가출했다며?”

……기억하고 계시는군.

“아직도 못 찾은 것이더냐.”

“진가장에서 여기저기 수소문하고 있으니 곧 찾을 수 있을 겁니다.”

대장이 편지에 절대 찾지 말라며, 아무 일도 없을 테니 괜찮을 거라 신신당부를 했다는데, 곧 개방, 소림, 무당 모두가 나서서 무림 전역을 샅샅이 훑을 기세다.

예상했던 기간보다 더 오래 대장의 흔적이 드러나지 않았기 때문이다.

만약 거대 문파 셋이 나서서 가출 소년을 찾기 위해 움직이는 전무후무한 일이 벌어졌다가는…….

대장은 분명 더 꽁꽁 숨을 거다.

흔적이 드러나 진가장으로 잡혀 들어갔다간 무슨 일이 벌어질지 뻔히 알 테니까.

엉덩이에 불이 나는 정도로 끝날 일이 아닌 것이다.

"후우."

이경찬이 한숨을 푹푹 쉬자 황태자가 씨익 웃었다.

"애들이 그렇게 사고도 치고 하며 크는 거지, 뭘 걱정하고 그러나."

……태자 전하와 두 살밖에 차이가 안 납니다만.

게다가 그냥 보통 애들이 아니니 그러는 겁니다.

"하아."

농을 건네도 이경찬의 안색이 나아질 기미가 보이지 않자 황태자가 창밖을 힐끔거리며 말했다.

"어? 서희가 오는군."

"이젠 안 속습니다, 태자 전하."

"진짜라니까? 설마 내가 이런 분위기에서 농을 할까."

태자의 말에 이경찬의 눈동자가 슬그머니 움직인다.

그리고 또로록 굴러간 눈동자에 보이는 건…….

뭐, 뭐야.

아무것도 없잖아?

"태자 전하!"

"하하하!"

이경찬은 인상을 팍 쓰고, 반면에 태자의 웃음소리는 황태자궁을 떨어 울렸다.

"우리 태자는 뭐가 저리 좋을꼬."

마침 황태자궁 앞을 지나가던 황비가 서희에게 고개를 돌리며 말을 잇는다.

"경찬이와 함께 공부를 한다더니, 하라는 공부는 안 하고 놀고만 있나 보다. 그렇지, 서희야?"

황비의 말에 서희가 새침한 표정을 짓는다.

"우리 서희는 왜 형부상서의 자제 이야기만 나오면 이리 새침해질까? 이 어미는 그 이유를 알지요."

황비가 웃으면서 놀리듯 하는 말에 서희가 볼에 빵빵하게 바람을 넣는다.

"어마마마도 참! 미워요!"

서희가 토라진 듯 고개를 돌린다.

"녀석 하고는."

황비가 서희의 작은 몸을 부드럽게 끌어안았다.

"가서 네 오라비와 형부상서의 자제를 놀라게 해 주자꾸나."

황비의 말에 서희가 고개를 끄덕인다.

"어, 저기, 어마마마와 서희가 오는데?"

황태자의 말에 이경찬이 인상을 구긴다.

제가 보자 보자 하니까 보자기로 보이십니까.

이것저것 아무거나 막 던져서 싸 보려 하시게.

이경찬이 들은 척도 안하자 황태자가 어깨를 으쓱거린다.

이번엔 진짜니 뭐…….

드득!

아무 기척도 없이 갑자기 문이 벌컥 열리고 서희가 머리를 쑥 집어넣자 이경찬이 깜짝 놀라 자리에서 벌떡 일어났다.

"헉!"

콰당!

그 바람에 의자가 뒤로 넘어져 나동그라진다.

얼굴이 시뻘게진 이경찬이 몸을 굽혀 의자를 바로 세우는 동안 황태자가 입을 연다.

"봄날의 훈풍 같고, 입만 열면 달콤한 소리가 줄줄 새어 나와 궁녀들을 홀리는 풍류 서생이 궁에 드나든다던데, 서희 넌 그게 누군지 아느냐?"

서희가 고개를 갸웃거린다.

"그런 사람이 있나요?"

"그래, 그 사람이 바로……."

"태자 전하!"

이경찬이 빽 소릴 지르며 태자의 입을 막으려 했으나, 차마 그러진 못하고 제 가슴만 쿵쿵 손으로 친다.

그리고 이어지는 태자의 말에 서희의 눈이 동그래졌다.

그녀의 사슴 같은 눈망울이 이경찬을 향한다.

"몹쓸 바람둥이!"
청천벽력같은 소리가 이경찬의 귀에 내리꽂혔다.

"드디어 왔다……."
진유청이 감격에 겨워 성문을 올려다본다.
"그러게. 죽을 때까지 도착 못 하는 건 아닐까 하며 악몽에서 깨어난 게 몇 번인지 기억도 안 나는데."
나채환이 이렇게 말할 정도면 상당히 크게 압박감을 느끼고 있었다는 거다.
형문산의 무림맹에서 북경까지 오는 길이 이토록 멀고, 험하고, 끔찍할 수 있다는 건 정말 놀라운 일이었다.
다시는 경험하고 싶지 않을 정도로.
진유청이 딱히 길치도 아니고, 제법 영민하게 상황 판단을 하여 움직였음에도 불구하고, 참으로 힘든 여정이었던 것이다.
두 아이가 후다닥 성문 안으로 뛰어 들어가려는데 병사들이 아이들을 막아선다.
"이 거지들은 뭐야?"
진유청의 눈썹이 꿈틀하다 말고 스스로를 내려다본다.
하방 수련생들에게 뜯어냈던 비단 주머니도 다 떨어지고, 가져온 돈도 바닥이고, 옷마저 성한 곳 없이 찢어지고 헤져 때가 꼬질꼬질 묻어 있으니…….

자신이 봐도 거지라고 할 만하다.

슥, 하고 고개를 돌려 나채환을 보니 무심한 표정에 잘생긴 얼굴로 인해 그나마 진유청 자신보단 덜해 보이지만…….

그래 봤자 거지꼴.

"개방 신입입니다."

진유청이 헤벌쭉 웃으며 하는 말에 병사가 진유청을 위아래로 훑어 내린다.

진유청은 설마 안 통하면 어쩌나 마음이 조마조마했다.

개방 거지란 걸 믿어 주지 않는다면 신분을 증명할 것도 없는 아이 둘이서 거지꼴을 한 채 성문을 통과하려 한 것에 의혹을 가질 게 뻔했기 때문이다.

만약 그렇게 되면 이런 꼴로 형부상서나 그 댁 자제를 불러 달라 해도 얘기가 통할 리가 없다.

튀던지, 아니면 돈을 쓰던지 해야 하는데, 지금으로선 둘 다 무리가 있었다.

제발…….

긴장한 진유청과 나채환의 귀에 병사의 목소리가 들렸다.

"통과!"

걱정했던 게 무색하리만치 너무 쉽게 두 아이는 성문 안으로 들어갈 수 있었다.

이거, 좋아해야 하는 거 맞지?

"우리 완전히 개방 신입 거지로 보이나 보다."

“그러게. 하긴, 우리 꼴이 좀 그렇긴 하잖아?”

사실 요즘은 개방 거지들도 이렇겐 안 하고 다닌다. 허름하나마 옷은 깨끗하게 빨아 입고, 봉두난발을 해도 빗질을 해서 모양새를 가다듬는데…….

“어쨌건 다행이지, 뭐. 성문에서 붙잡혀서 안에 못 들어왔음 큰일이잖아.”

진유청이 애써 스스로를 위안했다.

역시 한 나라의 수도는 뭐가 달라도 다르다 해야 할까.

거리를 가득 메운 사람들의 얼굴엔 생기가 넘치고 복장 또한 화사하다.

투박함보다는 세심함으로 어우러진 각양각색의 장식과 무늬가 나채환의 눈을 어지럽게 했다.

그에 비하면 진유청은 어딘지 모르게 여유가 있다 해야 하려나.

하긴, 진유청은 뭘 해도 그랬다.

학관에서 갑작스런 사건 사고가 터지거나 문제가 일어나도 진유청은 경험이 있기라도 한 양 별일 아니라는 얼굴로 슥삭 슥삭 해결해 버렸던 것이다.

“이제 북경에 도착했으니, 네 친구네 집으로 가면 되는 건가? 네 친구네 집은 어디야?”

나채환의 물음에 진유청이 어색한 미소를 머금는다.

입가가 가늘게 떨리고 눈매가 굳어 있는 걸 보니, 설마 너…….

"지금부터 찾아야지. 오래 안 걸릴 거야."

스릉!

나채환이 검을 뽑아 든다.

좀 전에 한 생각은 취소다. 유청이, 니가 그렇지, 뭐.

"채환아, 일단 그 검부터 집어넣고……."

형부상서 댁을 찾는 건 북경에서 그리 어려운 일이 아닐 터.

하나 그 사실을 알 리 없는 나채환은 주저 없이 검을 내리찍었다.

"으히익!"

진유청이 한 걸음 뒤로 물러나고.

스악!

검은 그가 물러난 곳을 뱀처럼 물고 따라 들어간다.

"호오, 저 아이들은 뭐지?"

"경극단 신입들인가? 오늘 어디서 공연이라도 해?"

지나가던 사람들이 아이들의 날쌘 몸놀림에 감탄하며 말을 건다.

나채환은 구경거리가 된 것에 심히 불쾌함을 느껴 검을 휘두르는 속도가 점점 빨라졌고, 진유청은 해명을 하려 했지만 나채환이 틈을 주지 않자 '에라 모르겠다' 싶었는지 등을 돌리더니 그대로 줄행랑을 쳤다.

"유청이 너!"

나채환이 미간을 찡그리며 외친다.

"빨리 안 오면 버리고 간다!"

진유청이 멀찍이서 멈춰 선 뒤 손을 흔든다.

"하여간……."

나채환이 혀를 차며 검을 검집에 집어넣고는 재빨리 걸음을 내딛었다.

이렇게 사람 많은 곳에 혼자 덩그렇게 버려지면 자신이 무슨 발작을 할지 상상도 안 갔다.

"같이 가!"

장난스럽게 등을 돌려 혼자 가 버리는 시늉을 하는 진유청을 향해 나채환이 나직하게 외쳤다.

"내가 말했잖아, 금방 찾는다고."

진유청이 으리으리한 저택 앞에 서서 으스댄다.

"정말 여기가 네 친구네 집이야?"

"그렇다니까."

진유청이 크게 고개를 끄덕인다.

경찬이 녀석, 잘 있으려나.

하남을 떠나기 싫다고 울먹이던 게 내 아홉 번째 생일날이었으니, 벌써 삼 년이나 됐네.

자신의 잉어가 얼마나 잘 자랐나 진유청은 많이 보고 싶
었다.

탕, 탕!

진유청이 정문을 손으로 두들긴다.

끼이익.

문이 열리고 안에서 하인 하나가 얼굴을 삐죽 내밀더니
진유청과 나채환을 보고 인상을 쓴다.

그리고 진유청이 뭐라 말을 하기도 전에 문을 '쾅' 하고
닫았다.

"우리가 동냥하러 온 건지 아나 봐."

진유청이 혀를 차며 다시 문을 두드린다.

이번엔 좀 더 힘을 줘서, 세게.

쾅, 쾅!

다시 문이 열리고 하인이 욕설을 뱉어 내며 다시 문을 닫
으려는 순간, 진유청이 옆에 서 있던 나채환의 발을 열린
문틈 사이로 끼워 넣었다.

하인과 진유청 사이에 눈싸움이 벌어지고, 나채환은 왜
자신의 발이 그들 한가운데 놓여 있어야 하는지 알지 못해
무표정한 얼굴에 눈가만 파르르 떨고 있다.

"거지새끼들이 대낮부터 와서 왜 이 지랄이야!"

"우리는 경찬이를 만나러 왔소이다만."

"경찬이가 누구……. 헉, 우리 도련님?"

"그렇소이다."

진유청이 최대한 점잖게 말한다.

하인은 진유청과 나채환의 초라한 행색을 보더니 혀를 찼다.

"요즘 우리 도련님이 황태자 전하의 총애를 받는다고 해서 개나 소나 다 우리 도련님과 친구입네 하며 목에 힘주고 다니는데. 아무리 그래도 그렇지, 귀한 댁 도련님들도 아니고 너희 같은 거지가 그러면 쓰나!"

진유청의 눈에 불똥이 튀긴다.

이 아저씨, 말 참 더럽게 하네.

"들어가서 안주인께 알리시면 되지 않겠소. 하남 진가장의 유청이가 왔다고 전하시오."

진유청의 맑은 눈에서 형형한 안광이 뿜어져 나오자 움찔한 하인이 입술을 깨물더니 고개를 끄덕였다.

"알았수다. 내 알리긴 하겠지만, 거지 도령들이 치도곤이 나도 내 탓은 아니오."

거지 도령은 또 뭐니…….

어쨌거나 안에 알린다고 했으니 기다리면 될 일.

진유청과 나채환이 문 바깥쪽 벽에 등을 기댄 채 햇볕을 쬐었다.

볕도 따땃하고……. 배가 좀 고프긴 하지만…….

목적지에 도착하니 몸에 긴장도 풀리고…….

두 아이의 머리가 '툭' 하고 바닥을 향해 떨어졌다 올라
가길 반복한다.

코오…….

쌕쌕거리는 숨소리만이 형부상서 댁 정문 앞을 고요하게
맴돌았다.

시간이 얼마나 지났을까.

"오현이도 없으니 얼굴에 감자 붙여 줄 사람도 없고, 따
가워 죽겠네."

진유청의 투덜거림이 나채환에겐 그렇게 어이없을 수가
없었다.

친구네 집이라며?

그런데 들여보내 주기는커녕 안주인에게 물어보겠다 했던
하인마저 가타부타 말이 없이 다시 얼굴을 내밀지 않는다.

"정말 친구 맞아?"

"맞다니까? 걔네 엄마가 원래 좀 그래. 예전에도 이런
일이 한 번 있었거든. 그때도 걔네 아버지가 업무 끝내고
돌아오실 때까지 밖에서 기다리다 겨우 들어갔어."

칭얼거리는 어린애들을 줄줄이 데리고 기다렸던 거에 비
하면 그래도 조용한 편인 나채환 한 명이 훨씬 낫다.

진유청은 별로 개의치 않고 담벼락에 등을 기댄 채 편히
발을 뻗었다.

“넌 또 잠이 오냐?”

땡볕을 쬐며 한참을 자 놓고서.

“할 것도 없잖아. 잠이나 더 자자.”

“휴우.”

내가 니 녀석을 따라온 것 자체가 잘못이지. 오현이가 그토록 말렸건만…….

나채환의 사나운 눈매가 살벌하게 쭉 찢어졌지만 진유청은 보지 못한 척 슬쩍 고개를 돌린다.

그러면서도 잊지 않고 당부하는 말은…….

“혹시 똥 마려우면 아까 파 놓은 구덩이에 싸라.”

“이 짐승아. 최소한 사람이라면 볼일 정도는 남들 눈을 피해서 가리고 해결해야 하지 않겠냐?”

왜 길 한복판에서 볼일을 보라 마라 하는 거냐.

이런 소릴 듣고도 주먹이 아직 안 올라가는 걸로 봐선 이번 가출행에서 나채환은 자신이 인간 세상을 사는 데 필요한 경험과 참을성을 충분히 쌓은 것 같다고 생각했다.

진유청이 그런 나채환의 마음을 더욱 볶아 준다.

“다 이유가 있다니까.”

……그래, 그러시겠지.

진유청과 대화 나누길 포기한 나채환이 한숨을 내쉬며 몸에 힘을 뺐다.

차라리 잠이나 더 자자.

코롱거리는 소리가 다시 울려 퍼지고, 정문이 살짝 열리고 문틈 사이로 좀 전에 유청이와 채환이가 봤던 하인이 얼굴을 내밀었지만, 그는 아이들이 자는 모습을 확인한 뒤 다시 머리를 쏙 집어넣었다.

"태자 전하께서 그리 말씀하셨단 게냐."
"네, 반감이 제법 크신 것 같았습니다."
"……좋지 않구나."
황제 폐하와 태자 전하 사이에 이견이 생길 틈이 있고, 그게 제법 깊이 쐐기가 박혀 있다는 건 어찌 봐도 문제가 될 소지가 컸다.
"유청이가 말했던 거짓의 증거인 여섯 번째 손가락을 가진 자에 대한 단서도 나오지 않고 있고, 황궁에 어두운 암류가 흐르니……. 큰일이로구나."
형부상서 이청강의 낯빛이 어둡다.
"대체 대장은 어디 있을까요?"
이청강이 나라의 일로 안색이 편할 때가 없다면, 경찬이는 자기 대장인 진유청의 가출로 인해 마음이 흔들리는 듯했다.
"그 아이라면 어디 있든 잘 지내지 않겠느냐."
이청강도 걱정이 되지 않는 건 아니지만, 그래도 애써 내색치 않고 말한다.
사실 이경찬도 대장이라면 여우 꼬리를 뽑아 추위를 이

기고, 곰 밥도 뺏어 배를 채우고도 남을 거라 생각한다.

그렇다고 걱정이 되지 않는 건 아니었지만.

"아버님과 이렇게 둘이 조용히 걸어서 집에 가는 것도 오랜만이에요."

이경찬이 슬그머니 이청강의 소맷자락을 잡으며 말한다.

하남에 있을 땐 진가장에 놀러 갔다 올 때나, 아주 가끔이지만 아버지가 자신을 데리러 오셨을 때, 이렇게 마차를 물리고 두 부자가 조용히 걸어서 집에 가곤 했었다.

수도에 온 이후론 각각 황제 폐하와 태자 전하께 붙잡혀 얼굴 보기도 힘들 정도였으니, 정말 오랜만이긴 하다.

"아버님, 이상하게 북경 하늘 위에도 별이 보이는데, 저 별이 진가장에서 봤던 것과 같은 별처럼은 보이지 않아요. 이상하지요?"

어딘지 모르게 쓸쓸한 느낌이 드는 아들의 말에 이청강이 가만히 아들의 머리 위에 손을 내려놓는다.

이전보단 부드러워졌지만 여전히 그는 아들에 대한 애정 표현이 어려웠다.

"히히."

이경찬이 아버지의 손바닥 안쪽에 머리를 비비며 웃는다.

이청강의 작은 표현에도 아들은 충분히 기뻐하고 이해하는 걸로 아비의 마음을 헤아려 주니, 그 또한 입꼬리가 흐릿하게 말려 올라간다.

이경찬과 이청강 부자가 그 자세 그대로 한참을 걸어 집 앞에 거의 도착했을 즈음.

"아버지, 저게 뭐죠? 웬 거지들이 우리 집 담벼락에서 잠을……."

이경찬이 고개를 갸웃거릴 때, 벽에 기대앉아 있는 꼬질꼬질한 두 아이를 살피던 이청강의 눈이 커졌다.

"저건……?"

"대장!"

아, 귀 아파. 누가 이렇게 소리를 빽빽 질러 대. 예의 없이.

"대장!"

재차 자신을 부르는 익숙한 호칭에 진유청이 스르륵 눈을 뜨니, 저편에 보고 싶던 얼굴이 보인다.

"키가 많이 컸네."

얼굴은 그대로지만.

"하암. 벌써 밤인가!"

기지개를 쭉 펴며 몸을 일으킨 진유청이 옆을 돌아보니 나채환은 이미 잠에서 깨 있다.

"채야, 내 친구."

진유청의 말에 나채환이 몸을 일으켰다.

"아버님, 대장 맞지요?"

"그래, 유청이가 확실하구나."

이청강이 어서 가 보라 아들의 등을 밀어준다.

"가출이라니, 얼마나 걱정했는데, 대장!"

이경찬이 양팔을 쫙 벌리고 진유청을 향해 뛰어오는데, 진유청이 한 손을 들어 그를 저지했다.

"멈춰!"

이경찬이 양팔을 파닥거리는 자세 그대로 멈춰 서자 진유청이 말했다.

"왼쪽으로 두 걸음."

스슥, 스슥.

어리둥절한 표정의 이경찬이 왼쪽으로 두 걸음 간다.

"이번엔 뒤로 세 걸음."

일단 시키는 대로 움직이던 이경찬이 불현듯 떠오르는 옛 기억에 두 걸음을 내딛고, 세 걸음째가 됐을 때 멈춰 섰다.

"에헤, 대장은 내가 또 속을 줄 알고?"

이경찬이 피식피식 웃으며 으스댄다.

진유청은 옆에 있는 나채환에게 턱으로 이경찬을 가리키며 말했다.

"우리 오늘 좀 많이 기다리지 않았어?"

나채환의 눈이 이경찬의 한 발이 닿을랑 말랑하다 멈춰 선 지점을 물끄러미 바라보다 고개를 끄덕인다.

그리고.

타다다닥!

앞으로 달려 나간 나채환이 이경찬을 덥석 안았다.

"반갑다. 난 나채환이다."

"어엉…… 바, 반가워!"

처음 보는 사이에 이렇게 열렬한 인사는 처음……?

달려간 나채환의 힘이 이경찬에게 쏠리니 자연 이경찬의 몸이 뒤로 밀려나면서 그가 끝까지 내딛지 않으려 했던 뒤로 한 발짝에 힘이 들어간다.

푸욱!

아, 이 감촉은…….

그래도 설마 대로변에서 이런 짓을 할까 생각하며 농담이겠거니 했었는데…….

이경찬의 얼굴이 울상이 된다.

"너네 어머니가 너무 반겨 주셔서 대신 너한테 인사하는 거야."

진유청이 다가가 이경찬의 어깨를 두드리며 환히 웃었다.

"오랜만에 보는구나, 유청아."

이청강이 아는 체를 하자 진유청이 몸가짐을 바로 하고 이청강에게 인사를 건넨다.

"그간 안녕하셨습니까."

"그래, 일단 들어가자꾸나. 내 안사람에겐 단단히 일러 둘 터이니."

일전과 같은 일이 있었다는 건, 그때와 똑같이 아이들이 강소연에게 문전 박대를 당했다는 뜻.

"괜찮습니다."

유청이가 의젓하게 웃지만, 정말 괜찮았으면 자신의 아들이 똥 밟을 일은 없었을 거란 걸 알기에 이청강이 피식 웃으며 대답했다.

"앞으론 이런 일 없을 게다. 내 약속하마."

"네, 그래 주시면 저야 고맙구요."

진유청이 생글생글 웃으며 나채환과 함께 이청강의 뒤를 따른다.

"아버님, 대장! 나 좀……. 나도……."

이경찬이 똥을 밟은 자세 그대로 굳어 있지만, 다들 고개를 돌리려 하지 않는다.

이경찬이 입술을 질끈 깨물며 눈을 딱 감고 발을 구덩이에서 쑥 뺀다.

……아, 신발이 벗겨지고 이 물컹거리는 감촉.

어째 삼 년이 지났는데도 대장은 변한 게 없어!

이경찬이 끊임없이 구시렁거리며 한쪽 발을 질질 끌고 정문 안으로 들어갔다.

재앙(災殃), 드디어 북경에 상륙하다!

〈『귀환! 진유청!』 제5권에서 계속〉

귀환! 진유청!

1판 1쇄 찍음 2010년 10월 15일
1판 1쇄 펴냄 2010년 10월 19일

지은이 | 로 토
펴낸이 | 정 필
펴낸곳 | 도서출판 **뿔미디어**

기획 | 이주현, 한성재
편집책임 | 장상수
편집 | 권지영, 심재영, 조주영, 주종숙, 이진선
관리, 영업 | 김미영
출력 | 예컴
본문, 표지 인쇄 | 광문인쇄소
제본 | 성보제책사

출판등록 | 2002년 9월 11일 (제1081-1-132호)
주소 | 부천시 원미구 상3동 533-3 아트프라자 503호 (우)420-861
전화 | 032)651-6513 / 팩스 032)651-6094
E-mail | BBULMEDIA@paran.com
홈페이지 | www.bbulmedia.com

값 8,000원

ISBN 978-89-6359-671-6 04810
ISBN 978-89-6359-513-9 04810 (세트)

http://www.bbulmedia.com